W0187020

Sons of Anarchy
La guerre perpétuelle

Série dirigée par
Jean-Baptiste Jeangène Vilmer
et Claire Sécail

Diffusées sur les petits écrans ou commercialisées en DVD, les séries télévisées produites ces dernières années ont connu un succès critique et public sans précédent, justifiant le concept de *quality television* qui caractérise le renouveau des programmes télévisés américains depuis les années 1980. Façonnant des « communautés » de téléspectateurs, elles génèrent leur propre univers et sont capables de véhiculer des valeurs d'un continent à l'autre. Cette série a pour objectif d'analyser de tels objets culturels, de comprendre les raisons de leur prospérité et d'en apporter des clés de lecture.

ISBN 978-2-13-060715-1

Dépôt légal – 1re édition : 2013, mars
© Presses Universitaires de France, 2013
6, avenue Reille, 75014 Paris

Renaud du Peloux

Sons of Anarchy

La guerre perpétuelle

PRESSES UNIVERSITAIRES DE FRANCE

SONS OF ANARCHY

Fiche d'identité

Titre original : *Sons of Anarchy*

Pays de création : États-Unis

Créateur : Kurt Sutter

Première diffusion : FX, 2008

Première diffusion en France : M6, 2009

Nombre de saisons : 5[1]

Diffusion dans le pays d'origine : 2008-2012

Genre : drame

Distribution : Charlie Hunnam (Jax Teller), Ron Perlman (Clay Morrow), Katey Sagal (Gemma Teller), Maggie Siff (Tara Knowles), Kim Coates (Tig Trager), Mark Boone Junior (Bobby Munson), Ryan Hurst (Opie Winston), William Lucking (Piney Winston), Dayton Callie (Wayne Unser), Taylor Sheridan (David Hale), Ally Walker (June Stahl), etc.

Synopsis : *Sons of Anarchy* met en scène un club de motards prêts à tout pour défendre leur liberté. Mais Jax Teller, prince des *Sons*, est partagé entre l'amour qu'il porte à son club et l'appréhension grandissante qu'il nourrit en voyant où l'entraîne l'anarchie.

1. Notre lecture se fonde sur les trois saisons disponibles en France.

« Où cesse l'État, là commence l'homme qui point n'est superflu. »

Nietzsche, *Ainsi parlait Zarathoustra* (1885), « La nouvelle idole »

L'ANARCHIE N'EST PAS LE CHAOS

Sons of Anarchy est la réalisation concrète d'une utopie. On peut dire de l'anarchie qu'elle est une utopie dans la mesure où elle est la représentation d'une société idéale, ne possédant pas d'occurrence connue. L'anarchie est comme un rêve qui se promène de livre en film, dont certains se réclament mais dont personne ne peut prétendre sérieusement l'avoir vécue pour de bon. Bien qu'il s'agisse encore d'une fiction, une telle série porte ce rêve à un degré impressionnant de réalisme. Grâce au travail de fond accompli pour sa « bible » – le concept, les personnages et les éléments de décor, tous les éléments destinés à guider l'écriture proprement dite –, l'univers qu'elle met en place est parfaitement crédible. On plonge non sans fascination dans cette ambiance de motos, de cuir et de liberté.

Il faut dire que cette série ne part pas de rien. Les États-Unis forment sans doute un terreau très favorable à ce genre d'utopies. L'abondante littérature doctrinale existante et surtout les films qui s'inspirent de cet esprit montrent qu'entre anarchie et États-Unis, il existe des affinités. Il est intéressant de noter que ce qui ne représente sans doute qu'un écart par rapport à la vie normale pour un public américain, ressemble presque à de la science-fiction pour le public français. Les Américains sont pour partie et par tradition friands de cet esprit de liberté, de l'idée d'État minimal, habitués aux armes à feu et au droit de se faire justice soi-même. On peut dire que là-bas, le Far West n'a pas totalement disparu. Il est donc certain que la réception de cette série n'est pas du tout la même des deux côtés de l'Atlantique. Les résultats d'audience sont néanmoins surprenants : fait rare, le succès de cette série est proportionnellement plus important en France qu'aux États-Unis. Il semblerait que la curiosité soit venue s'ajouter au divertissement. Pour le public français, la série prend les allures d'une véritable leçon de philosophie politique et revêt un caractère méditatif.

Dans un monde extraordinairement policé comme le nôtre, comment imaginer l'anarchie ? Comment générer un chaos efficace, durable, organisé ? Les Sons sont une bande de motards faisant la loi dans leur bled du sud de la Californie, un ramassis de *rednecks*[1] mis au ban de la société, qui ont trouvé une sorte de rédemption dans ce club les acceptant tous, sans distinction d'âge, de sexe ou de capacités, en harmonie avec cet esprit de tolérance et de liberté individuelle qui est le propre de l'anarchie. Mais « faire la loi » tandis qu'il existe un gouvernement, des forces de police, d'autres hommes qui travaillent et qui respectent les règles, se révèle loin d'être évident. L'anarchie apparaît ainsi comme un îlot de liberté que les Sons défendent âprement.

Toutes les forces qui les entourent tendent à détruire leur rêve ; et pourtant, la véritable menace vient de l'intérieur. Ce qui s'annonçait comme une utopie charmante vire au cauchemar : vente d'armes, meurtres, extorsions, la vie des Sons est une escalade de violence. La petite ville de Charming est devenue le théâtre d'une guerre sans merci. Voulant devenir réelle, l'utopie s'est transformée en son double inversé. Le résultat est parfois sinistre. Quand on a à ce point les mains plongées dans le sang, y a-t-il le moindre sens à se réclamer encore d'un idéal ? Qu'est-ce qui distingue les Sons d'une bande de voyous ?

1. Culs-terreux ; littéralement, « cous rouges », en référence au travail des champs qui brûle la peau du cou.

C'est le personnage de Jax, le héros, qui assure le lien avec l'utopie. Jax est le fils du père fondateur de la communauté des Sons. À l'opposé du chef actuel de la communauté, Clay, vieux cynique, plus habitué à se servir de ses poings que de sa matière grise, Jax est un idéaliste. La série débute lorsqu'il retrouve un manuscrit laissé par son père défunt, qui contient la doctrine et les aspirations du fondateur pour son club. Jax nourrit une réflexion permanente sur le sens et la source de l'anarchie qui, même si elle est parfois assez peu effective, sauve le club de ressembler à une vulgaire association de malfaiteurs. Le drapeau américain troué et déchiqueté à la tête de son lit nous signifie que Jax prétend incarner une certaine version du rêve américain.

La notion d'anarchie renvoie au grec *an-arkhê*, où *an* est un préfixe privatif et *arkhê* signifie principe, commandement, « ce qui est premier ». L'anarchie est donc le modèle d'une société sans principe directeur.

De l'ambiguïté de cette première définition, découlent deux écoles. Une première voit dans cette règle qu'il faut supprimer les rapports hiérarchiques entre les individus. Incarnée par des penseurs européens du XIXe siècle comme Proudhon, elle représente le courant historique de l'anarchie.

La seconde école y voit une société sans gouvernement ni lois. Incarnée par des penseurs américains comme Nozick, elle est aussi plus contemporaine, et s'enracine fortement dans la pensée économique moderne.

La première école est d'inspiration plutôt sociale. Elle propose le modèle d'une société sans classes, sans rapports hiérarchiques d'aucune sorte, donc fondée sur la mise en commun des moyens de production et des modes de vie. La seconde est d'inspiration plutôt individualiste. Elle propose de son côté le modèle d'une société sans lois. Il faut préciser que ce qui est combattu dans ces lois, c'est leur caractère général et coercitif. Libres, les individus le sont aussi de s'associer, de s'engager par contrats les uns vis-à-vis des autres et de décider de règles qui s'appliqueront à l'intérieur du cadre de leur association. Ce qui est proscrit, ce sont ces règles à tendance monopolistique qu'on appelle les lois, qui prétendent valoir pour tout individu même s'il ne les a pas choisies, et s'appliquent par l'intermédiaire d'un appareil répressif qu'on appelle l'État.

En raison de l'inégalité naturelle entre les hommes et de leur appétit de domination, que l'on peut prendre comme hypothèses de départ, on peut raisonnablement supposer qu'une société sans classes telle que la propose l'anarchie sociale reposerait sur un appareil d'État extrêmement lourd, composé d'un très grand nombre de règles, et coercitif. L'anarchie sociale ressemble au socialisme. En partant des mêmes hypothèses, on peut raisonnablement supposer qu'une société sans lois telle que la propose l'anarchie individualiste aboutirait à une société très fortement hiérarchisée, avec des inégalités très grandes, violente et sans pitié. L'anarchie individualiste ressemble au capitalisme.

Ce que cette digression avait pour ambition de montrer, c'est combien l'anarchie est loin d'être une idée simple, comme on aurait pu l'imaginer. L'anarchie n'est pas le chaos. C'est une utopie exigeante, théoriquement complexe et, à la limite, irréalisable. L'anarchie des Sons correspond davantage à la version américaine et individualiste. Pour autant, la tâche de Jax n'est pas simple. Comment redonner un sens à l'activité des Sons ? Ce qui est intéressant, c'est que les réponses lui viendront, non d'une spéculation abstraite, mais d'une confrontation avec la réalité. *Sons of Anarchy* est une expérience, comme en rêvent tous ceux qui forgent les utopies, et dont les moyens leur sont parfois retirés.

Notre étude a pour but de tirer les leçons de cette expérience, effectuant en quelque sorte le travail inverse du forgeur d'utopies. Comme si cette microsociété avait par miracle existé, nous pouvons à loisir l'observer et disserter à son sujet. Nous avons même la possibilité d'appuyer sur les boutons « pause » ou encore « retour rapide ». Du désordre des aventures de Jax et de ses compagnons, il faut tirer les conséquences sur l'anarchie comme doctrine et comme projet de vie.

1

LE REFUS DE SE LAISSER DOMINER PAR LA PEUR

Ô Muse, dis-nous comment survint la Discorde ? La vérité est que les Sons ont quelque chose à reprocher à l'homme du commun. L'anarchie procède d'un refus, d'un rejet. Elle n'est pas une utopie positive, elle ne découle pas d'une idée, d'une grande vision. C'est d'abord un sentiment réactif, négatif, contre l'extérieur. C'est proprement ce qu'on appelle une révolte.

Contre quoi les Sons se révoltent-ils ? Qu'y a-t-il qui convienne à tout le monde et qui ne leur convienne pas, à eux ? En quoi notre monde, que l'on peut dire libre – au sens où nous vivons en démocratie, et non pas sous une abominable tyrannie – peut-il leur paraître oppressant, coercitif ?

Les Sons reprochent à l'homme du commun de vivre dans la peur et d'être dominé par elle. Ce qui leur semble guider l'action des autres, ce n'est pas une envie, un désir, mais une peur. Peur de manquer, de se retrouver à la rue ; peur de ne pas pouvoir payer ses factures, de ne pas offrir une vie décente à ses enfants ; peur d'être abandonné, rejeté ; peur de s'éloigner, de ne pas être dans les bons rails, porté par le courant : peur de faire fausse route, de choisir sa propre voie, d'écouter son instinct. L'anarchiste refuse de se laisser dominer par cette peur.

Toute la réflexion de Jax part de là. Jax est un marginal, ce qu'aux États-Unis on appelle un *freak*, un type bizarre, atypique, un peu inquiétant. Certes, c'est un beau *freak*, qui attire les filles avec sa mèche blonde et son beau visage rebelle, ses tatouages et sa présence physique animale. Mais à cette attirance se mêle l'attrait du danger, la curiosité. On ne sait pas très bien qui il est, ce qu'il est ; cela fascine en même temps que cela répugne. Si vous n'êtes pas une fille d'une vingtaine d'années travaillée par ses désirs, vous vous en tenez éloigné. Jax cultive cette différence. Il ne cherche à ressembler à personne. Il s'est engagé dans une voie pour laquelle il n'existe pas de modèle. Une conscience fière vibre dans toute sa personne :

> La plupart des êtres humains se figurent qu'ils veulent la liberté. En réalité, ils n'aspirent qu'à la soumission à l'ordre

social, aux lois rigides, au matérialisme. La seule liberté qu'ils veulent vraiment, c'est celle du confort[1]. (S1E1)

Jax prétend déjouer le sens que les hommes donnent à leur vie. Les hommes croient sincèrement désirer une carrière, une vie rangée ; mais Jax désarme leur ambition. Cette réinterprétation de l'existence n'est pas exempte d'une certaine ironie socratique. L'ironie consistait pour Socrate à prétendre connaître les hommes mieux que les hommes ne se connaissent eux-mêmes, et à le faire éclater par le dialogue, de préférence en public. Les citoyens d'Athènes – en particulier ceux qui aspiraient aux fonctions suprêmes de l'État – prétendaient agir pour le bien, la vérité, la justice ; Socrate en les interrogeant faisait apparaître qu'ils ne s'étaient jamais interrogés sur ce que sont le bien, la vérité, la justice. Le philosophe se délectait de laisser ses interlocuteurs dans l'embarras ; mais son humour douteux lui valut un procès et la mort.

Comme Socrate ou tous les grands fondateurs de religions, Jax porte une vérité agressive à l'endroit du genre humain, et adopte une attitude

1. « Most human beings only think they want freedom. In truth they yearn for the bondage of social order, rigid laws, materialism. The only freedom man really wants is the freedom to be comfortable. »

propre à la faire éclater. Cela passe d'abord par son style. Bien que négligé, celui-ci reste toujours le même, cultivé avec soin. Jax affectionne particulièrement sa veste en cuir, la veste du club, qui porte les inscriptions « Sons of Anarchy » et « Men of Mayhem »[1]. Dans un épisode où le chef d'un gang rival lui pointe un pistolet sur la tempe et, pour l'humilier, lui demande d'abandonner sa veste, Jax lui répond, ravi : « La seule façon d'ôter cette veste de mes épaules, c'est de me tuer[2] » (S1E9). C'est là la marque de l'attachement à un symbole, au costume de son personnage. En étant prêt à mourir pour sa veste, Jax montre que la peur ne lui fait pas renoncer à sa liberté. Si Jax abandonnait sa veste, il ne serait plus Jax, chef de bande anarchiste. Il ne serait qu'un blanc-bec dépourvu de veste. Dans ce même épisode, une fille insiste pour coucher avec lui. Jax se laissant convaincre, la fille lui demande une faveur supplémentaire : qu'il conserve sa veste en cuir. Cela le fait sourire : apparemment, il n'est pas seul à être sensible aux symboles.

Les Sons ne reconnaissent l'autorité de personne. Ils sont arrogants avec l'homme du commun,

1. « Fils d'Anarchie » et « Ceux du Chaos ».
2. « The only way for this jacket to leave my shoulders is me being dead. »

provocants avec la police. Ils écopent d'une vie rude. Mais ce qui compense toutes ces avanies, ce sont ces petits moments où ils peuvent ressentir qu'ils possèdent quelque chose que les autres n'ont pas. Se pavaner avec insolence dans un commissariat de police, par exemple. Intimider les commerçants. Mal parler à un officiel. Inspirer de la crainte. Dévisager, toiser les gens d'un regard narquois. Tandis que l'homme du commun semble accablé toute la journée et subir, en échange d'un peu de bien-être, une affliction d'esprit considérable, les Sons prennent un plaisir indescriptible à être ce qu'ils sont. Il suffit, pour s'en convaincre, d'observer la démarche de Jax, inimitable : chaloupée, asymétrique, à mi-chemin entre celles de l'ours Baloo et d'un estropié de la Première Guerre mondiale. Le pouvoir qu'il a de marcher de cette façon semble justifier à lui seul toute son existence. Les Sons n'ont rien, et pourtant ils ont tout.

Le personnage qui illustre le mieux ce saut entre vie normale et vie anarchiste est Opie. Opie est un indécis. Au début de la série, il ne fait pas partie du club. Meilleur ami de Jax, on comprend qu'il en a fait partie mais s'est « rangé » après avoir pris femme et eu des enfants. Son père, Piney, est l'un des vétérans du club. C'est sa femme surtout qui a poussé Opie à se « ranger ». Elle ne supporte pas le club. Elle veut une vie normale, avec son mari et ses enfants. Mais il se trouve qu'Opie est accablé de dettes. Il ne parvient pas à rembourser les emprunts qui lui assurent des biens aussi essentiels que sa voiture, par exemple, sans laquelle, dans un pays aussi vaste que les États-Unis, il est bien difficile de survivre. Opie est le personnage déprimant de cette série. Il se traîne et regarde les gens par en-dessous. Il représente la vie à laquelle les Sons ont échappé : une vie misérable, écrasée de dettes, sans véritable joie ni grandeur. Il représente la classe ouvrière tâchant de se hisser au niveau de la classe moyenne sans y parvenir. Voici ce que lui dit son père Piney, vieux rebelle : « Je ne te comprends pas, fils. Sois viril, et fais ce qu'il faut pour ta famille[1] » (S1E2). Il l'invite à s'extraire de cette vie minable par la révolte. L'anglais est clair : « Grow a dick »[2].

Au fond, pour les Sons, c'est la virilité qui est en jeu dans ce choix de vie. Selon Piney, une certaine énergie virile devrait tout naturellement nous pousser à refuser une vie minable et basculer dans

1. « I don't understand you, son. Grow a dick, and take care of your family. »

2. Le sens est celui-ci : « Tu devrais te pourvoir du membre viril dont tu es dépourvu. » Ici, la concision de l'anglais est difficile à rendre…

la liberté. Se plier à la contrainte est le fait d'un être pusillanime et sans énergie. Le choix de vie que nous faisons reflète ce que nous sommes. En outre, ce choix est possible à tout moment, un peu comme la mort dans la philosophie stoïcienne. Épictète a ces mots : « Pour nous tous il existe ce havre, cet asile qu'est la mort. Grâce à elle, il n'y a pas de difficulté dans la vie : lorsqu'on le veut, on sort et on n'est plus enfumé. »[1] La mort est cette alternative toujours présente qui fait de chaque moment de la vie un choix délibéré. Nous avons en effet toujours le choix entre faire ce que nous faisons ou mourir. Nous sommes donc responsables de notre sort. Dans la philosophie stoïcienne, il n'y a pas de place pour l'affliction ou la plainte : si tu n'es pas content, « sors », comme le dit Épictète. De même pour les Sons : nous sommes responsables de notre sort puisqu'il existe toujours au moins cette alternative, qui consiste à basculer dans l'anarchie, ne plus respecter les règles, ne plus jouer le jeu imposé par la vie sociale.

Dans l'épisode 1 de la saison 1, Jax a besoin d'un coup de main pour liquider quelques types embarrassants. Il va trouver son vieux copain Opie sur le chantier. Opie abandonne immédiatement son

1. Épictète, *Entretiens*, IV, 10.

ouvrage, va s'asseoir à côté de Jax qui lui offre une cigarette et lui propose le boulot. Ils sont en train de discuter lorsque le contremaître siffle Opie comme un chien. Jax regarde son ami dans les yeux. Opie ne soutient pas son regard. Comme un automate, il se lève et reprend le travail. Opie redeviendra un homme lorsqu'il finira par rejoindre le club. D'ici là, il est cet être passif puisque dominé par la peur.

2

LA FIGURE MYTHIQUE DU *FOUNDING FATHER*

Dans la première saison de *Sons of Anarchy*, chaque épisode comporte un moment méditatif, assez court, généralement situé vers le milieu de l'épisode. Ces moments de réflexion tranchent avec le ton général de la série, plutôt tournée vers l'action. Pourtant, ils sont loin d'être anecdotiques. Il est permis au contraire d'y voir la véritable substance de la série.

Ces moments sont ceux qui unissent Jax à son père défunt, qui est aussi le père fondateur de la communauté des Sons, celui qui l'a initiée, lui a donné ses grandes lignes. Lorsque la série débute, on comprend mal qui est ce père mystérieux et comment il est mort. Les réponses sont apportées au fil de la série.

Jax est jeune et l'on comprend qu'il a perdu son père plus jeune encore. Son âge, son tempérament et cette perte irrémissible viennent se mêler pour former son penchant à la mélancolie. Jax n'est pas tout à fait un homme d'action. La plupart des autres membres du club, eux, sont des hommes d'action, dont l'intelligence n'est pas nécessairement le point fort. Ils se méfient de cet aspect de la personnalité de Jax. Ils ne le comprennent pas et le désapprouvent, l'interprétant comme une faiblesse. Et en effet, dans les scènes d'action, Jax peut être pris d'un scrupule qui met en danger l'exécution.

Mais il se trouve qu'il a découvert un manuscrit laissé par son père, qui contient toutes les pensées et les aspirations du fondateur pour son club. Le ton en est amer. On comprend que le club s'est éloigné de l'idée qui a présidé à sa conception. Jax évoque ce manuscrit pour la première fois de manière assez brutale, à sa mère Gemma, veuve du fondateur et maîtresse de l'actuel président du club, le redoutable Clay : « Sa vision initiale était une sorte de rébellion sociale, un truc hippie. Pas la vente d'armes…[1] » (S1E1). Pour assurer sa subsistance, le club s'adonne en effet à un trafic assez lucratif, la vente d'armes. Illégal, ce *business* lui vaut les enquêtes de l'État fédéral en même temps

1. « His vision was some kind of social rebellion, kind of hippie shit. Not selling guns... »

que l'inimitié des pires bandits de la région avec lesquels il se partage le marché. Il plonge le club dans un monde de violence et d'illégalité.

La première idée que Jax tire du manuscrit est d'ordre très général : « kind of hippie shit[1] », et lui semble contraster très fortement avec la réalité du club. Au fur et à mesure des épisodes et de sa lecture, Jax approfondira cette vision. Plus il y réfléchit, plus la figure paternelle lui semble s'éloigner et se dissoudre dans l'incompréhensible. Elle finit par prendre la forme d'un esprit tutélaire, figure mythique et désincarnée du *founding father* comme en ont connu toutes les sociétés ayant ressenti le besoin de se construire une histoire.

Cette figure abstraite revêt un caractère encore plus étrange et mystérieux lorsque l'on apprend dans l'épisode 2, au cours d'une conversation intime entre Gemma et Clay, que ce père fondateur pourrait bien ne pas être le véritable père de Jax. On apprend que Gemma a été la maîtresse de Clay avant son veuvage, et l'on commence alors à se poser des questions sur les circonstances non élucidées de la mort de ce père fondateur.

L'image du père s'en trouve immédiatement entachée. On se le représente désormais pourvu

1. « Un truc hippie ».

des cornes du déshonneur. Le choix des scénaristes de dégrader cette figure tutélaire en même temps qu'ils la posent, peut surprendre. Et pourtant, cette image, loin d'être salie, s'en trouve au contraire élevée. Le père fondateur se voit dégagé de la matérialité, des circonstances grossières qui président à la conception d'un enfant. Il s'élève au rang de divinité. Pour Jax, et bien que celui-ci ignore la vérité, il revêt désormais l'aspect d'un véritable père spirituel, dans lequel le héros se reconnaît spontanément en raison de ses inclinations personnelles, et non plus en vertu d'un lien biologique. Le père fondateur est celui que Jax s'est choisi. L'histoire échappe par la même occasion au *pathos* d'une simple relation père-fils.

Jax admire donc le mauvais père. Gemma et Clay, qui est probablement son vrai père, voient cela d'un mauvais œil. Clay est le double inversé du père de Jax. C'est un voyou, pas un rêveur. Il ne médite pas, ne s'interroge jamais. Le voir jeter un pavé dans la vitrine d'un commerçant qu'il n'apprécie pas est choquant. Ce qu'il veut, c'est régner. Sa seule faiblesse lui vient de ses poings, sujets à des douleurs articulaires qui le font souffrir atrocement et qu'il soigne par des injections. Ces douleurs sont comme la juste protestation d'un corps que l'on a utilisé à des fins de violence, que l'on a détourné de sa finalité. Clay écope de la part de Jax de toute l'animosité dont un fils est capable à l'égard de son père. À lui la mauvaise part, à son rival, rendu inatteignable par la mort, l'admiration et le respect filiaux.

3
ANARCHIE ET RÊVE AMÉRICAIN

Dans l'épisode 2 de la saison 1, Jax s'est mis une sale affaire sur les bras : quelques cadavres découverts par la police et qui risquent de la mener jusqu'à lui. Comme il se promène en Harley, l'officier de police Hale, jeune recrue décidée à venir à bout des Sons et de leurs agissements illégaux, rejoint Jax en pick-up et se place à côté de lui à un feu rouge. Les deux hommes échangent un salut froid. Hale provoque Jax : il lui dit être en train d'enquêter sur les cadavres, persuadé qu'ils les mèneront jusqu'à lui, que ce sera la fin de sa bande et qu'il l'aura bien cherché. À quoi Jax répond calmement : « On est tous les deux des hommes libres, protégés par la Constitution. Tu peux fouiner où tu veux, chef[1] » (S1E2), avant de démarrer sa Harley et s'en aller.

1. « We're both free men protected by the Constitution. You look anywhere you want, chief ».

Au-delà de l'attitude raisonnée de Jax qui ne s'en laisse pas conter, cette façon de mettre en avant la Constitution pour se protéger d'un policier peut surprendre. Jax fait allusion à la *Bill of Rights*, amendements ajoutés à la Constitution en 1791, deux ans après sa ratification par les États fédérés. La *Bill of Rights* énonce les droits fondamentaux du citoyen de manière négative, en limitant les pouvoirs de l'État. Elle garantit notamment la liberté d'opinion (premier amendement) et la liberté de porter des armes (deuxième amendement). L'ajout de ces amendements procède, si l'on peut dire, d'une réévaluation à la baisse de la nature humaine. La première Constitution étant jugée trop optimiste relativement à la nature humaine (présupposant un comportement vertueux des citoyens), les représentants des États fédérés ont décidé d'ajouter une série d'amendements qui garantissent la liberté du citoyen contre un éventuel mésusage du pouvoir de l'État.

Il est intéressant de noter le scepticisme qui préside à cette rédaction finale de la Constitution américaine. Il y a là en germe toute la philosophie libérale, puis anarcho-libérale, qui intéresse notre série. La nature humaine est évaluée négativement, et non pas positivement comme par exemple dans la religion chrétienne (où l'on suppose que les « bons penchants » peuvent l'emporter sur les mauvais) ou le socialisme (qui estime possible une société où les citoyens se comporteraient de manière vertueuse). C'est là une conviction profonde, invérifiable sinon par l'expérience personnelle de chacun : socialisme et christianisme considèrent que l'anarcho-libéralisme « dégrade » l'homme ; l'anarcho-libéralisme considère ces humanismes comme de belles histoires.

Jax s'estime protégé par la Constitution. C'est une chose qu'il peut faire valoir contre un policier et à laquelle le policier, comme lui-même, a l'obligation de se soumettre. On comprend ce que sa réplique peut avoir de piquant pour Hale : Jax ne reconnaît pas son autorité. L'officier porte un badge, un costume ; il se promène dans une voiture à l'effigie du corps auquel il appartient ; à l'aide de son talkie-walkie, il peut contacter d'autres individus, vêtus de la même manière, avec lesquels il coordonne son action – mais c'est tout. Aux yeux de Jax, cette autorité n'a aucune légitimité morale. Ces individus n'ont aucun pouvoir qui dépasse celui du simple citoyen. Les citoyens ont peut-être pris l'habitude de les respecter, d'obéir à leurs injonctions, mais il n'y a aucune nécessité à cela. Ou plutôt, la nécessité est d'ordre psychologique et non juridique. Jax, pour sa part, ne s'en inquiète pas. Ce dont il fait preuve ici, c'est d'une ascèse intellectuelle relative aux codes et symboles sociaux qui nous entourent et dont nous sommes nourris. Jax a la tête suffisamment froide pour résister à l'impression que l'officier veut produire sur lui, refuser la représentation qui s'impose à lui. En bon philosophe cynique, Jax fait la part entre les choses et leur représentation.

Jax parvient à ramener la relation qui l'unit au policier à un simple rapport de forces et couvre de ridicule son accoutrement et ses manières. Il traite le policier d'égal à égal. Il déclare ne pas s'inquiéter de ses agissements. La police, à ses yeux, n'est rien de plus qu'une bande organisée, comme la sienne, qui poursuit ses propres objectifs, comme la sienne, en ayant recours aux moyens qu'elle juge nécessaires.

Cette réplique de Jax révèle davantage encore. Dans son esprit, l'anarchie n'est pas contraire, ni même étrangère, à la Constitution des États-Unis. Celle-ci protège l'anarchie en reconnaissant au peuple américain des droits fondamentaux. Les autorités qui contrarient ces droits – comme, présentement, l'officier Hale – ne viennent qu'en second, s'arrogeant sur la conduite d'autrui un droit de regard qui ne fait partie du pacte originel. L'anarchie de Jax n'est pas une utopie sortie de nulle part : il ne s'agit de rien d'autre que du bon vieux rêve américain.

Les symboles de ce rêve américain sont nombreux et jalonnent la série. Le plus manifeste d'entre eux est la présence récurrente du drapeau américain. L'exemplaire troué et rapiécé qui se trouve à la tête du lit de Jax semble lui-même dater des temps originels de la Constitution. Il suggère les valeurs du volontarisme et de l'action. Ses trous et ses brûlures évoquent une vie rude, semée d'obstacles. On dirait qu'il a traversé une guerre. Il est là sans doute pour aider Jax à se rappeler que l'anarchie est une longue guerre, qui ne s'achève que dans la mort.

À la fin de l'épisode qui clôt la saison 1, comme Jax vient se recueillir sur sa tombe, on apprend que John, son père défunt et fondateur de la communauté, était un vétéran du Vietnam. La référence peut sembler désuète : engagés en Afghanistan, les États-Unis n'en sont plus à s'interroger sur la guerre du Vietnam. Mais lorsque le Prospect – le « stagiaire » de la communauté des Sons, leur aspirant, à qui ils confient les tâches ingrates – vient à mourir à la fin de la saison 2, on apprend qu'il était un vétéran de la guerre en Irak. Il ne s'agit donc pas tant de faire référence à telle ou telle guerre en particulier que de montrer que les Sons sont des patriotes qui se sont battus pour leur pays. Cette bande de reclus irrespectueux des lois ne se considère pas elle-même comme marginale mais estime incarner le sacrifice et les valeurs fondamentales du pays.

Cette figure du vétéran qui, de retour dans le civil, ne trouve pas sa place, injustement rejeté des citoyens dont il est allé défendre la liberté au péril de sa vie, n'est pas nouvelle dans la fiction américaine. On pense à une autre œuvre fondamentale dans la culture américaine contemporaine, le premier *Rambo*. Rambo est le personnage du vétéran malheureux, incompris, traumatisé par ce qu'il a vu à la guerre, errant sur les routes comme un vagabond sans parvenir à trouver un emploi. Il porte en lui la violence tragique, la sauvagerie dont il a été marqué là-bas. Les États-Unis comptent de nombreux vétérans dont c'est le destin. Ils reviennent de la guerre psychologiquement estropiés, inadaptés et inaptes à reprendre la vie civile, aimant à se regrouper en hordes qui partagent une même blessure et une même vérité.

4
LA GUERRE PERPÉTUELLE

L'activité judiciaire des Sons repose sur un sens de l'honneur que l'on peut qualifier de chatouilleux. Il est important de noter que les Sons fixent eux-mêmes ce sens : chacun estime pour lui-même ce qu'il vaut. C'est à chacun d'estimer si telle ou telle circonstance porte atteinte à son honneur et si cela mérite réparation. La manière dont on réagit définit une valeur personnelle. Dans cet univers tout entier tourné vers l'action, ce sont donc les circonstances qui vont révéler à chacun sa valeur, pour lui-même en même temps que pour les autres.

Tout se passe comme dans la philosophie de Schopenhauer. Celui-ci distingue entre ce qu'il appelle un *caractère empirique*, c'est-à-dire le caractère de chacun tel qu'il lui est révélé par ses actes, et un *caractère intelligible*, c'est-à-dire le caractère de chacun tel qu'il est en lui-même. Seul le caractère intelligible est libre : c'est le choix radical que nous faisons de nous-mêmes, du genre d'homme que nous voulons être (courageux ou lâche, etc.) Le caractère empirique en revanche est lié aux circonstances : lorsque se présentent telles circonstances, avec le caractère que j'ai, il ne m'est pas possible d'agir autrement que je n'agis (si je suis courageux je fais face, si je suis lâche je m'enfuis, etc.) À ce moment-là, je ne suis pas libre. En outre, le choix de notre caractère intelligible est mystérieux : il se déroule dans les profondeurs de notre volonté, il nous est en quelque sorte caché – dialogue intérieur de notre volonté avec elle-même. C'est ainsi que l'on arrive à ce paradoxe : ce sont nos actions qui nous révèlent à nous-mêmes, en même temps qu'aux autres, qui nous sommes. Nous découvrons notre caractère à travers nos actions, comme dans un livre. Héraclite formulait la même idée de manière plus concise, en disant que *le caractère d'un homme est son destin.*

Le Prospect, au plus bas de la hiérarchie des Sons, accepte à peu près tout. Il n'est pas d'un caractère bien trempé. On le raille, on lui donne des corvées : il s'exécute sans broncher. C'est son attitude servile qui le place, d'autorité si l'on peut dire, au bas de la hiérarchie. On ne finit par le prendre au sérieux qu'à partir du jour où il commence lui-même à se prendre au sérieux. À l'inverse, le caractère de Jax est comme de l'huile sur le feu. Ses réactions sont subites, imprévisibles, et d'une telle ampleur qu'elles modifient souvent les circonstances de manière irréversible. Pour une queue de poisson qu'on lui fait sur la route, Jax rattrape le chauffard et le met à mort. Une autre fois, il défigure un quidam qui a pris la liberté de poser son arrière-train sur sa moto. Ces réactions pourront sembler vaines à qui ne fait pas le lien entre caractère empirique et caractère intelligible : en réalité, dans toutes ces actions, c'est le caractère de Jax qui est en jeu, et du même coup, sa position dominante. Jax est le chef parce qu'il est ce type qui ne se laisse pas une seule fois marcher sur les pieds. Parce qu'il se comporte en Prince, il est le Prince des Sons.

Clay, pour sa part, déteste réfléchir. Ça n'est pas de la bêtise, mais plutôt un parti-pris relatif à son honneur. Il *pourrait* réfléchir mais juge cela indigne d'un chef. Bien plus royale lui semble une attitude faite de caprices et de décisions sur lesquelles on ne revient pas (même quand on a tort). Lors d'une réunion du club où l'on discute en vue d'un choix grave, il tape du poing sur la table : « J'en ai assez, d'être assis ici à jouer à "Que va-t-il se passer si... ?"[1] » (S1E12) Une telle réplique assimile la réflexion à un jeu bon pour les enfants. Clay a du dédain pour la réflexion. Décider sans réfléchir est la prérogative du chef et réfléchir, la tâche de son conseiller.

Plus l'on monte dans la hiérarchie des Sons et plus le sens de l'honneur devient délicat. Jax et Clay sont si ombrageux qu'il est parfois difficile de leur adresser la parole. C'est ce caractère qui leur donne la première place. C'est lui qui vaut démonstration de la valeur de leur personne, qui fait qu'on les respecte et qu'on leur cède. Le rang dans la hiérarchie des Sons se conquiert par le caractère. Montrer une faiblesse, c'est déchoir.

Ce qui est intéressant, c'est que les Sons ne se règlent pas sur un code extérieur pour déterminer ce qui est bien ou mal, comme habituellement les membres d'une société, mais sur le sentiment qu'ils ont d'eux-mêmes. En ce sens, on peut dire qu'ils prennent la justice entre leurs mains. Ils ne remettent pas à d'autres le soin d'estimer ce qui est juste et injuste mais fixent eux-mêmes ces mesures. Cela leur fournit une matière morale qu'ils traitent intensément. De nous autres, non-anarchistes, on

1. « I'm tired to be sitting here playing "What happens if..." »

peut dire que nous nous épargnons ces questions dans la mesure où nous nous réglons sur des codes existants. Nous évoluons dans un monde dont les grandes lignes morales ont été prédéfinies. Les problèmes qui se posent aux Sons sont autrement plus difficiles. En témoigne cet extrait du manuscrit de John Teller (le père de Jax) :

> Lorsque nous prenons des mesures pour réparer ce qui a été fait à nos proches, la justice personnelle se heurte à la justice divine et à la justice sociale. Nous devenons juge, jury et Dieu. Avec ce choix, viennent de pesantes responsabilités. Certains hommes fléchissent sous ce fardeau[1]. (S1E3)

En se réglant sur des codes déjà existant, le non-anarchiste n'en assume pas le poids moral, il n'en porte pas la responsabilité. Pour les Sons, ce choix signifie qu'ils doivent assumer eux-mêmes les conséquences de leurs actes, dont ils se reconnaissent pleinement responsables : ils ne peuvent se dérober derrière l'exécution d'une règle, l'accomplissement d'un devoir qui leur serait prescrit. Ils supportent tout le poids de leurs actions.

1. « When we take actions to avenge the ones we love, personal justice collides with divine and social justice. We become judge, jury and God. With that choice come dunting responsibilities. Some men cave under that weight. »

De là vient la façon très intense dont les Sons vivent tous les événements de leur vie. Bien que Clay déclare préférer l'action à la réflexion, le téléspectateur peut rappeler à son souvenir ces innombrables moments où Clay est assis à la table du club, seul ou avec d'autres, dans la pénombre, le menton dans la main, l'air extraordinairement soucieux, plus d'une ride à son front. Lorsque, à la fin de la saison 2, on lui enlève, en représailles, son enfant, Jax se laisse complètement aller à la dérive. Il reste chez lui, prostré, n'entreprenant rien, n'adressant la parole à personne ; il est comme hébété, ne se lave plus, passe ses journées comme un mort ; en bref, il montre tous les symptômes de la dépression la plus grave. Saluons au passage la performance de l'acteur dont les traits, au début de la saison 3, apparaissent considérablement altérés ; fidèle au réalisme psychologique de l'Actors Studio, l'acteur s'est lui-même laissé aller au point de devenir méconnaissable. Si Jax se trouve dans cet état, c'est qu'il s'estime directement responsable de l'enlèvement de son enfant. Non au sens où il n'a pu l'empêcher mais, plus profondément, au sens où ce sont ses choix de vie qui ont amené cette situation. Jax *se reconnaît* dans cette situation. Il fait du destin son fardeau personnel. Cette ambition inhumaine lui vaut cette souffrance inhumaine.

À la fin de la saison 3, ce sentiment de culpabilité se répète, comme une maladie. Jax retrouve son enfant. Ou plutôt, il retrouve la famille à laquelle il a été donné, à son insu, en adoption. La famille a quelque chose d'idéal : le couple est beau, jeune, bien habillé. Ils dégagent une santé, une richesse et un bonheur évidents. Ils portent l'enfant de Jax dans leurs bras, lui offrent des cadeaux. Jax, piteux, contemple la scène. Il n'ose même pas s'approcher. Son mal le reprend. On lui retrouve le même air absent et dépressif du début de la saison. Pour finir, il ne trouve pas le courage d'aller récupérer son enfant. La question qu'il se pose est la suivante : « Est-il juste que je m'approprie cet enfant ? Qui suis-je, pour vouloir lui imposer mon destin ? » Ici, la situation de Jax confine au tragique. Le poids de la vie le dépasse et l'écrase. Son choix de vie se transforme en un destin qu'il subit. Il ne se sent plus anarchiste mais exclu, inutile. En conséquence, il s'exclut lui-même, renonce à son bien. Cette attitude lui vaudra, de la part de sa mère, une volée mémorable.

Un autre point important de la justice des Sons est qu'il n'existe pas de pardon. Ils nomment cela *retaliation*, les représailles. Toute action leur portant préjudice mérite compensation. Lorsqu'ils se demandent : « Qu'allons-nous faire ? », la réponse est invariablement la même : « Nous nous vengeons, voilà ce que nous faisons[1]. » Les Sons se vengent. C'est leur manière de vivre. Ils rétablissent eux-mêmes ce qui leur est dû. Toutefois, ces représailles posent au moins deux problèmes théoriques au sujet desquels il faut bien dire que les Sons n'apportent pas de réponse. Le premier, c'est que si toute action mérite compensation, la vengeance appelle une autre vengeance, et le cycle ne connaît pas de fin. Ce problème se fait d'autant plus sentir que les Sons se mesurent parfois à des bandes rivales, comme les Mayans, qui fonctionnent selon la même loi des représailles. Dès lors, leur histoire se transforme en une suite continuelle de vengeances, chacun s'estimant lésé par la « justice » de l'autre.

L'autre problème est que les relations d'amitié sont détruites. C'est Gemma qui, dans un moment de solitude, tire cette conclusion : si pour des questions d'honneur, tout doit être réparé, compensé, alors vous n'avez plus d'amis. Il ne vous reste que des créanciers et des débiteurs. Les représailles transforment tous les rapports humains en rapports marchands, où sont évalués strictement ce qui a été fait et ce qui est dû en échange. La nature humaine perd sa douceur qui la rend capable de

1. « We retaliate. This is what we do. »

ce rapport délicat qu'on appelle l'amitié. Les Sons font preuve entre eux d'une bonne camaraderie, qui peut aller jusqu'à l'affection mutuelle ; mais on hésite à dire qu'ils connaissent l'amitié. Ils n'aiment pas partager leurs sentiments, ne montrent aucune faiblesse. Ils gardent, même pour de petites choses, des rancunes tenaces. Ils prennent du plaisir à être ensemble mais en même temps ils se défient et se méfient les uns des autres. Ils restent, au fond, étrangement seuls.

À la fin de la saison 3, Clay se trouve obligé de donner la mort à l'un de ses plus vieux amis. Celui-ci a trahi les Sons pour ce qu'il reconnaît comme une vulgaire question d'argent. Il sait le sort qui l'attend : il se laisse faire. Clay accomplit son office, comme d'habitude, sans l'ombre d'une hésitation, puis rentre au logis. Gemma est extrêmement soucieuse :

– Qui s'en est chargé ?
– À ton avis ?
– Ça va, chéri ?… Tu le connaissais depuis si longtemps…
– Le temps ne fait rien à l'affaire.
– Tu as le droit de te sentir mal, tu sais.[1] (S3E13)

1. « – Who did it ? – Who do you think ? – Are you okay, sweetie ? You knew him for so long... – Time don't mean shit. – It's okay to feel bad, honey... »

Mais Clay ne montrera pas la peine profonde qui l'habite, pourtant évidente pour le téléspectateur. Il reste dur et fermé. Il chasse ses sombres pensées comme celles d'une vulgaire journée de travail. La guerre des Sons n'a pas d'issue : c'est une guerre perpétuelle.

5
MENACE EXTÉRIEURE ET CONFLIT INTÉRIEUR

On connaît les Américains pour être très soucieux de leur propriété privée. Tout Européen ayant visité les États-Unis s'est un jour entendu dire : « This is a private property sir, I'm gonna have to ask you to leave[1] », ou encore : « Step away from my property[2] ». Ce sentiment de la propriété privée semble encore plus vif chez les Sons que chez un Américain moyen. Tout d'abord, on note un contraste frappant entre l'« intérieur » de la propriété privée, la maison, le jardin, le garage, et l'« extérieur », la rue, la ville, l'espace public. Dans *Sons of Anarchy*, l'espace public est un lieu dangereux. Ce n'est pas un lieu paisible où flâner, comme nos capitales ou nos campagnes européennes. C'est un endroit

1. « Ceci est une propriété privée, Monsieur, je vais devoir vous demander de partir. »
2. « Hors de chez moi ! »

où tout peut arriver. On n'y est pas comme chez soi, avec ses armes à feu, sa porte en bois massif et ses amis. On y est seul, vulnérable, à la merci des fous qui rôdent. Perdre sa propriété privée, se retrouver à la rue, équivaut à la mort, comme le prouvent les réactions, au cours de la saison 2, à la décision de Jax de devenir « nomade ». Jax, écœuré par les méthodes de Clay et ne parvenant pas à régler ses différends avec lui, décide en effet : « Je vais me faire nomade[1] » (S2E8).

Le téléspectateur ne comprend d'abord pas le sens de ce mot, lancé avec exaspération. Il ne peut que constater le grand effet qu'il produit sur le club entier. Plus tard, il découvre qu'il s'agit tout simplement du fait que Jax souhaite se désolidariser des Sons et faire cavalier seul, devenir un anarchiste solitaire, qui va son chemin. Est-ce là tout ?, se demande le téléspectateur français, incrédule. Qu'il prenne sa moto et qu'il parte ! Mais les proches de Jax ne partagent pas cet avis. Ils sont terrifiés à l'idée que Jax puisse se retrouver seul, hors de la propriété privée. Finalement, sa mère aidant, il ne le fera pas.

Tout aussi frappantes sont les injonctions de Jax à l'adresse de Tara, sa compagne : « Rentre à la

1. « I'm going nomad. »

maison Tara, ferme la porte, et n'ouvre à personne d'autre qu'à moi[1] » (S2E2). De telles injonctions sont parfois prononcées sans raison apparente, comme s'il s'agissait d'un comportement normal de se barricader ainsi chez soi.

Lorsque les Sons partent en guerre contre un clan rival, sur le seuil de la propriété privée (le portail, la porte du garage), ils embrassent affectueusement leur femme, leurs enfants. Femmes et enfants ne franchissent pas ce seuil. Puis les Sons enfourchent leurs Harleys et prennent la route, en escadron. Femmes et enfants, l'air inquiet, se serrant les uns contre les autres, rentrent promptement dans la maison et ferment la porte. Ce sont des êtres trop fragiles pour accomplir ce qu'accomplissent les Sons : se tenir hors de la propriété privée. Dehors, c'est la guerre. Le lieu où se déchaîne la violence des hommes, où s'affrontent les intérêts rivaux. Le lieu où l'on discute aussi, où l'on négocie ; mais pas le lieu de la bienveillance, où il soit permis de se détendre. On sent qu'aucune puissance ne domine ce monde extérieur, livré au chaos. Toutes les forces y sont hostiles, depuis les bandes rivales

1. « Go back into the house Tara, lock the door, and don't open to anybody unless it's me. »

jusqu'aux policiers. Personne ne connaît de limite à ses appétits.

Ce qui permet aux Sons de se maintenir, de maintenir leur idéal intenable – l'anarchie –, c'est leur engagement immédiat et sans concession dans une guerre totale. Hésiter, c'est mourir. C'est montrer sa faiblesse, perdre l'avantage de la surprise. Celui qui frappe le premier a le dernier mot.

Au commencement de la série, si tant est qu'on finisse par s'habituer, les réactions de Jax surprennent par leur violence. Dès l'épisode 1, il se signale par une rixe d'une rare violence (s'il est permis d'appeler « rixe » un massacre unilatéral). Sa compagne, enceinte de lui, fait une overdose à quelques jours de l'accouchement. Elle est héroïnomane. La première réaction de Jax est de retrouver celui qui a vendu la drogue pour le lui faire payer. Jax débarque dans la salle de billard où le dealer dispute une partie. Il va droit à l'homme et en moins de temps qu'il n'en faut pour l'écrire, le tabasse au point de le laisser à peine en vie. Son attaque est si subite qu'elle laisse les acolytes interdits. Ce qui les impressionne, ce n'est pas la carrure de Jax – dans la saison 1, il est plutôt gringalet, un peu voûté, son physique n'a rien d'impressionnant –, ni ses techniques de combat, d'habitude si prisées dans l'*entertainment* américain – Jax n'en a aucune, il se bat comme un singe –, c'est simplement sa violence. Le héros laisse éclater une violence si pure, une rage si inentamée, qu'elle laisse ses adversaires sans réplique – on peut bien répondre à du kung-fu par du kung-fu, mais que répondre à la Colère en personne ?

Tout aussi brusque est sa réaction à l'égard de l'Officer Kohn, qui poursuit Tara de ses assiduités. Jax va le trouver chez le barbier et lui lance : « Tu veux me faire la guerre, espèce de trou-du-cul ?[1] » (S2E3), avant de lui faire traverser la vitrine du magasin. Le téléspectateur, à nouveau, est surpris par la promptitude de la violence ; il a beau l'anticiper, elle le prend par surprise. Notons la forme de l'expression, qui n'est pas anodine : Jax ne provoque pas en duel, *il fait la guerre*. Entrer en contact avec lui, sur le mode de l'adversité ou de la compétition, c'est immédiatement entrer en guerre. Sa victoire dans le combat repose sur son extrême irritabilité, l'hypersensibilité de ses sens, le feu de sa colère qui s'allume à la moindre friction. Jax est redoutable parce qu'il est sensible. Il ne peut pas perdre face à des bêtes brutes, dont l'imagination est trop limitée pour concevoir l'existence d'un tempérament comme celui de Jax.

1. « You wanna go to war with me, asshole ? »

À la vérité, cet état de guerre est si total chez Jax, qu'il semble le mettre en péril, non plus en l'exposant aux autres, mais en l'exposant à lui-même. Il s'agit du vieux problème posé dans la *République* de Platon. On y compare les vertus de la justice et de l'injustice. À Thrasymaque le sophiste, qui défend l'injustice et fait l'éloge de l'homme injuste comme de l'homme fort appelé à dominer sur les autres, Socrate rétorque que l'homme injuste ne saurait l'être totalement, puisqu'il lui faudrait être juste, sinon avec ses complices, du moins avec lui-même, sous peine d'être divisé par des conflits intérieurs et ne pouvoir entreprendre aucune action.

Chez Jax, la révolte est poussée à un point tel, qu'elle le menace de l'intérieur. Jax est instable, torturé, angoissé. Il cherche une chose sans savoir au juste ce qu'il cherche. Son esprit le tourmente. Souvent il remet tout en cause, comme l'une des innombrables fois où il dit à Tara : « Tu ne devrais pas être avec moi. Ça n'est pas bien. Je ne te fais aucun bien. Tu aurais dû rentrer à Baltimore[1]. » (S3E1) et semble se haïr lui-même. Il ne peut s'entendre avec personne. Il est l'incarnation de la

1. « You shouldn't be with me. This is not the right thing. I'm not doing you any good. You should have gone back to Baltimore. »

révolte, une révolte si profonde qu'elle menace de le dissoudre, détruire le corps qui l'enveloppe.

Porteur de ce projet de guerre perpétuelle tant qu'il n'y succombe pas, Jax est un défi lancé à la vieille règle platonicienne.

6
L'ART DE LA NÉGOCIATION

Dans notre monde non anarchiste, se négocient les biens et les marchandises, l'immobilier, les contrats de travail, les assurances… Mais certaines valeurs sacrées ne se négocient pas : une vie humaine, par exemple. Un époux ne peut négocier une épouse (ou réciproquement) comme une marchandise. Nous ne négocions pas notre amitié : nous l'accordons ou pas.

Les Sons négocient tout. Une vie humaine s'échange : comme tu as tué cet individu qui travaillait avec moi, j'accepte de faire la paix avec toi si, en échange, tu acceptes à ton tour de me livrer celui qui, dans ton équipe, a tué cette personne qui travaillait avec moi. Nous serons quittes à ce prix. J'accepte d'entrer en affaires avec toi, si, en gage de bonne volonté, tu m'offres la tête de cet homme-là, qui ne me revient pas. Je suis ton patron et te laisserai prendre cette femme pour épouse si, en échange, tu fais tel et tel travail pour moi. Je te donne mon amitié, à condition que tu me livres la marchandise en temps voulu ; et ainsi de suite. À l'image des traders qui forment des agrégats de produits financiers pour assurer une stabilité globale à l'investissement, les Sons négocient de drôles d'agrégats, qui comprennent : une ou deux vies humaines, un peu d'amitié, quelques femmes, deux ou trois caisses d'armes, une portion de territoire, une vengeance ou le renoncement à une vengeance. C'est très surprenant.

La première explication en est que rien n'est sacré aux yeux d'un anarchiste. Il n'est chose sur terre qui ne puisse être mise en balance avec d'autres. Une vie humaine peut valoir *beaucoup plus* qu'une maison, mais beaucoup plus seulement, et non *absolument plus* : il suffit d'ajuster la quantité. Cette quantité ne vaut pas par elle-même ; une bonne négociation, qui montre jusqu'où chacune des parties est prête à aller, en fait apparaître la valeur. Cette valeur est elle-même relative et peut être remise en cause lors des négociations suivantes. Ultimement, il n'y a que des volontés qui s'affrontent ; les négociations sont le lieu de leur affrontement, leur issue détermine la valeur relative des biens négociés. Comme il n'y a que des volontés fortes et des volontés faibles, tout finit par recevoir une valeur et être quantifié.

De fantasmagorique qu'il était, peuplé de valeurs sacrées – la vie humaine, le bonheur, le bien –, le monde devient le lieu d'un affrontement reptilien.

Les négociations se scellent par un contrat. Non, on s'en doute, un contrat d'avocat, car les Sons n'aiment pas les avocats, de même que tout ce qui porte un col blanc. Point de documents, point de signature : les Sons, cuir sur le dos, pratiquent l'échange de poignées de mains. Il faut voir la paluche irréelle de Clay s'avancer lourdement, au bout de son bras musclé et tatoué, pour engloutir une main soignée et hésitante, ou bien happer une autre comparable à la sienne, tendue en face de lui. Ces poignées de mains atteignent un tel degré dans la franchise et l'engagement que le spectateur en est bientôt convaincu : aucune signature sur aucun contrat au monde ne peut valoir une poignée de mains comme celles-là.

Lorsqu'ils traitent d'égal à égal avec un membre de leur clan, l'accolade remplace la poignée de main, trop distante. Ce coup-ci, c'est Jax qui excelle à l'exercice. Lorsqu'il prend dans ses bras une brute épaisse pour lui donner le *hug* qui clôt l'accord, on sent qu'il donne tout, qu'il s'abandonne. Cela signifie que l'accord vaut à la vie à la mort.

Au cours de la saison 1, les Sons absorbent un autre clan : ayant besoin de renforcer leurs effectifs, ils vont trouver une bande de motards et leur proposent la fusion. Les motards hésitent. « Tout le monde ne va pas être d'accord », prévient leur chef. Finalement, ils se prononcent par le vote : la bande se scinde entre ceux qui rejoignent les Sons et ceux qui s'en vont. Les mines soucieuses accusent une décision grave, difficile. Après l'accolade rituelle, l'échange des blousons, le tag sur le mur qui annonce le nouveau propriétaire, les motards, avec la participation de quelques filles aux mœurs légères, se lancent à corps perdu dans une débauche mémorable. Mais Jax l'idéaliste n'est pas de cette humeur-là. D'ailleurs, il a déjà eu sa ration de femme juste dans l'après-midi – une fille rencontrée dans une station-service et dont il a rossé le petit ami. Jax veut aller faire un tour en Harley : « Pour me libérer l'esprit[1]. », explique-t-il. Car pour un Son, un tour en moto est un acte spirituel, comme une station à l'église pour un bon chrétien. Comme il est sur la route, il avise devant un bar d'autres Harleys garées en rang : ce sont celles des Mayans, l'ennemi juré. Jax stoppe sa moto et, par une poussée vigoureuse, fait tomber toutes celles des Mayans comme une rangée de dominos. Les Mayans se lancent à sa poursuite. Ils le suivent

1. « To clear my mind. »

jusqu'au repaire où se déroule l'orgie. La bataille éclate entre les bandes. Les dommages de part et d'autre sont considérables. Après la bataille, on demande à Jax ce qui s'est passé : il prétend avoir été pris en chasse sans raison. Mais le spectateur comprend de quoi il retourne. Jax a voulu mettre à l'épreuve les nouveaux membres du club, leur faire prendre la mesure de leur engagement.

Lorsqu'ils traitent avec un inférieur, les Sons usent d'un geste paternaliste qui consiste à passer une main derrière la nuque et attirer le front du subordonné contre sa poitrine. Clay le fait très souvent, notamment avec Tig : c'est une scène surprenante, que de voir les deux colosses dans l'attitude d'une mère avec son enfant. Il faut relever aussi cet épisode émouvant dans le clan des Mayans : pour sortir d'un conflit, le chef a promis à Clay la tête de l'un de ses protégés. Ne pouvant se soustraire à son engagement, il fait venir la victime, qui ignore son lot, lui passe une main derrière la nuque, l'attire contre sa poitrine, lui dit des mots tendres, avant de plonger un poignard dans cette nuque abandonnée.

Les Sons prennent leurs décisions démocratiquement. Ils se réunissent autour de la grosse table de bois brut, gravée d'une Faucheuse, effigie du club. On peut fumer à l'intérieur. Que ce soit de jour ou de nuit, la salle est plongée dans la même pénombre. Clay, à contre-jour, est particulièrement difficile à distinguer. On n'aperçoit que les rides de son front à travers la fumée de son cigare. Il est en bout de table. Puis, de chaque côté en remontant vers la porte, les Sons siègent par ordre d'importance. Les stagiaires ne sont pas admis aux réunions. On dirait le comité exécutif d'une entreprise ayant résisté à l'effondrement global des civilisations. On discute les sujets du jour et l'on vote. À l'occasion, Clay use de sa prérogative de chef : il décide, tout simplement. « Ai-je besoin d'en passer par le vote ?[1] », gronde-t-il, menaçant. Sa décision ne lui est pas contestée.

Même à l'agonie, les Sons n'abandonnent jamais une négociation. Le moins que l'on puisse dire de leur histoire, c'est qu'elle va de mal en pis. L'arc narratif principal est conçu comme une longue descente aux enfers. Nul événement heureux ne vient jamais tempérer la situation. À chaque saison, on se dit qu'ils sont condamnés. Mais ils tiennent comme des chiens. Sous ce rapport, les Sons font penser aux philosophes cyniques, ces Grecs qui, dans l'Antiquité, concevaient la philosophie, non comme un ensemble de connaissances théoriques,

1. « Do I need to take a vote ? »

mais comme un mode de vie. Ils n'avaient pas de doctrine ni de théorie sur le monde, mais se contentaient de vivre dans la rue en ascètes en recherchant précisément ce que les gens tentent d'habitude d'éviter : le froid, la faim, la vie dure, les souffrances et les privations. En raison de leur mode de vie, les cyniques se désignaient eux-mêmes comme des chiens. Diogène est ce cynique qui a laissé une trace dans l'histoire de la philosophie en se masturbant sur la place publique. Il affirmait que sa philosophie consiste à falsifier la monnaie : en faisant passer pour indifférents ce que les gens considèrent comme des biens (le confort, le plaisir, la reconnaissance), et pour des biens ce que les gens considèrent comme des maux (la privation, la souffrance, l'anonymat), il mettait en circulation de la fausse monnaie morale.

Clay, imperturbable, négocie. Quand il n'a plus rien, il continue de négocier ce qu'il n'a pas. Il est une chose que bandits ni policiers ne peuvent lui retirer, c'est sa hargne. Comme un chef d'entreprise aux nerfs inébranlables, au bord de la faillite et même au-delà, il continue de faire entendre sa voix dans les négociations. Arrêter de négocier, cesser d'imposer sa volonté dans les discussions, c'est mourir.

7
UNE CRITIQUE RADICALE DE LA PUISSANCE PUBLIQUE

On trouve dans *Sons of Anarchy* une critique radicale de l'action de l'État. La liberté n'y est pas seulement valorisée pour elle-même, l'insuffisance de l'État est également soulignée à chaque épisode.

En premier lieu, l'activité de l'État n'est pas appropriée. Ses réponses et ses actions manquent de mesure. Charming est une petite ville, pourvue de sa petite police sous les ordres du vieux Unser et de son ambitieux second Hale. Unser connaît bien les Sons pour avoir partagé le pouvoir avec eux pendant une vie entière. Au fond, Unser et les Sons veulent la même chose : protéger Charming. Souvent ils s'entendent, et même de plus en plus souvent au fil de la série. Clay se rend dans le bureau d'Unser pour discuter. Unser est invité occasionnellement au tour de table des Sons, bien qu'il n'ait pas de droit de vote. En bref, bien qu'on ne partage pas la même vision, on discute, on essaie de se comprendre et, quand c'est possible, de collaborer.

Il n'en va pas de même avec le pouvoir fédéral. Le pouvoir fédéral est démesuré. Son excès de puissance le rend dangereux. Quand il débarque à Charming (régulièrement, plusieurs fois par saison), quelque chose de mauvais va arriver. Unser doit céder la place aux « Feds », à contrecœur. Arrogants, les agents fédéraux ne communiquent pas et la police locale ne comprend pas leurs objectifs. Ils croient s'acquitter de tout mieux que tout le monde : en réalité, ils ne connaissent pas ce microcosme qu'est Charming et leurs interventions sont aussi aveugles que maladroites. Quand ils repartent, Unser doit réparer les dégâts, rétablir le dialogue avec les Sons qui ont pris ombrage de leur passage et se sont renforcés dans leur rébellion.

C'est la justice du Far Ouest contre l'État moderne. Charming est une ville du désert située aux confins de la Californie. D'elle, il est souvent dit qu'elle est restée figée dans le passé. Ses rues poussiéreuses, ses maisons en bois avec perron évoquent le décor des westerns. Unser porte l'étoile de shérif. Sa bedaine et sa démarche embarrassée évoquent un John Wayne en fin de carrière, son allure d'antihéros, sa tranquillité, sa sagesse. L'État fédéral ne comprend pas Charming et ne cherche pas à la comprendre. Il poursuit ses propres objectifs, aiguillonné par ses conflits internes qui sont autant de luttes pour le pouvoir.

En second lieu, la justice que propose l'État n'est pas satisfaisante. L'épisode 3 de la saison 1 développe la thèse de manière remarquable. Une fête foraine a eu lieu. À l'issue de la journée, on retrouve la fille d'un notable de la ville violée dans les bois. La petite ville est en émoi. Le notable vient trouver les Sons : « Les flics ont rédigé un rapport. Je veux que vous retrouviez le criminel. Amenez-le moi. Je vous paierai ce que vous voulez[1] » (S1E3). Il a le regard rougi par la colère. Le crime le touche de si près qu'il ne saurait se contenter de la justice impartiale de l'État. Il souhaite assouvir son désir de vengeance, l'assouvir rapidement et totalement. Tout d'abord, l'intervention de l'État est trop lente. Ensuite, que fera l'État ?

Clay prend la parole : le violeur sera défendu par un psychiatre qui démontrera qu'il n'est pas responsable, il sera interné deux ans dans un hôpital psychiatrique puis sera libre de sortir et de recommencer. Voilà la justice que propose l'État. Pas assez dure, pas assez engagée. Elle est si conciliante

1. « Cop wrote a report. I want you to find him. Bring him to me first. Pay you anything you want. »

et ses mesures sont si faibles, elle prend en compte un si grand nombre de points de vue (le plaignant, l'accusé, les experts…), qu'elle ne peut satisfaire personne.

Au début de l'épisode 3 et avant que l'événement ne survienne, le notable a croisé les Sons avec sa famille à la fête foraine. Il les connaît bien sûr, comme tout le monde à Charming. Ils se sont salués mais de son côté, le salut a été donné avec embarras. Le notable ne veut pas être associé aux voyous. En revanche, lorsque survient l'événement et qu'il a besoin d'eux, toute pudeur disparaît. Il leur parle comme à des tueurs à gages. Mais Clay est flatté. Il joue les grands seigneurs : « Je ne veux pas de ton argent. Personne ne peut débarquer dans *ma* ville et faire ça. On trouvera le salaud[1] » (S1E3). Le pronom possessif est appuyé : Clay est flatté parce qu'on vient le trouver pour un problème de justice, on lui fait confiance davantage qu'à la police. Plus qu'un transfert de pouvoir, il y voit une distinction honorifique : il *représente* la justice, on vient le trouver comme le roi Salomon, comme un homme qui sait le juste et l'injuste, dont le sens de la justice est supérieur à celui des autres hommes. Le voyou devient roi

1. « I don't want your money. Nobody comes into *my* town and does this. We'll find the bastard. »

aimé de ses sujets, investi de cette puissance terrible qui consiste à rendre des décrets de justice. Cette puissance est immédiatement mise en exercice par ces mots : « We'll find the bastard[1] », qui signifient la condamnation du criminel. Et Clay de poursuivre : « Quand les gens ont des ennuis dans cette ville, ils ne vont pas trouver les flics, ils viennent nous voir. Ça représente quelque chose, pour moi[2] » (S1E3).

Il ne prendra pas d'argent, pour le principe. Lorsque les Sons mettent la main sur le criminel, à la fin de l'épisode, il faut appliquer la sentence décidée par Clay : l'émasculation. La scène est sordide. Dans les bois, la nuit, Clay tend au notable un couteau à lame recourbée. Celui-ci perd courage : « J'ai cru que je pourrais le faire mais non, je ne peux pas[3] » (S1E3). L'exercice concret de cette justice expéditive le dépasse. Il n'est pas assez fort, pas assez impitoyable. Clay va démontrer qu'il est le chef. Il prive le criminel de ses attributs, qui tombent à terre, puis donne un ordre au stagiaire : « Fais-en un paquet-cadeau[4] ». Les attributs seront envoyés au notable sous cette forme.

1. « On trouvera le salaud. »
2. « People get jammed in this town they don't go to the cops, they go to us. That means something to me. »
3. « I thought I could do it but I cannot. »
4. « Giftwrap it. »

En dernier lieu, l'autonomie de l'État pose un problème important : que faire lorsque c'est de l'État lui-même qu'il faut se protéger ? Dans l'épisode 4 de la saison 1, un agent fédéral poursuit Tara de ses assiduités. Tara a déposé plainte contre lui, de sorte que cet agent a l'interdiction légale de s'approcher d'elle. Pourtant, celui-ci actionne son réseau pour parvenir à ses fins et faire lever l'interdiction. Il se fait muter près du lieu où habite Tara. Il ouvre une enquête sur les Sons pour justifier sa mutation aussi bien que pour isoler Tara de ceux qui pourraient la protéger. Disposant de tous les pouvoirs, il les utilise sans scrupules. Si Tara n'était entourée que d'honnêtes citoyens qui respectent la loi, son sort serait scellé. Heureusement pour elle, Jax est un hors-la-loi qui n'a pas peur de se mesurer aux fonctionnaires.

8
LES TRAITS CHANGEANTS DE LA RAISON D'ÉTAT

Les véritables méchants de cette série, ce sont les agents de l'État. On dénombre certes d'autres personnages repoussoirs : les bandes rivales des Mayans ou des Niners, d'affreux nazis, des hommes d'affaires sans scrupules, des brutes, des crapules, des escrocs, des psychopathes, toute une galerie de personnages peu sympathiques. Mais tous ont quelque chose de commun avec les Sons : ce sont des caractères au moins un peu teintés d'humanité, que le destin et surtout la nécessité de survivre ont placés dans leur rôle.

La saison 2 adopte un point de vue si original sur ce sujet qu'il mérite d'être souligné. Chaque saison a ses méchants. Le méchant de la saison 2 est une organisation nazie qui débarque dans la petite ville de Charming. À leur tête, un homme trouble, nommé Zobelle. La saison tourne à la grande déconfiture des nazis mais il se produit ceci, que le chef Zobelle trahit ses troupes. On découvre à cette occasion qu'il n'est pas un « vrai » nazi mais un homme de pouvoir doué d'un sens politique aigu, qui l'a poussé à prendre la tête d'une organisation manipulable à sa guise. Cet homme sans principes apparaît alors comme le véritable méchant de cette saison. Les nazis, eux, ont gagné en sympathie : ce ne sont que de pauvres gens, souvent stupides, se raccrochant à une cause qui donne sens à leur vie misérable. Zobelle, lui, n'a pas cette excuse. On accuse souvent le cinéma américain d'être manichéen, on voit ici que les scénaristes ont pris un vrai risque, celui de la subtilité.

Il en va de même pour les agents de l'État. Ce sont d'authentiques méchants. Ils ont le pouvoir de leur côté. Non seulement ils en jouissent, mais ils se permettent de dispenser des leçons de morale. Ils sont un ennemi auquel on peut échapper temporairement mais qu'on ne peut pas vaincre. Chaque petite victoire remportée sur eux est un triomphe pour les Sons, la preuve que tout n'est pas perdu en ce bas-monde, qu'on peut encore mener une vie « honnête » (entendre : hors-la-loi). Il y a quelque chose de grandiose dans leur combat contre un appareil étatique tout-puissant et qui a la raison de son côté. Car les hommes de l'État incarnent cette certitude : quand on travaille pour l'État, on est un *good guy*[1], on fait ce qui est juste et bon. On a la conscience en paix. On dort tranquille. L'homme de l'État est à l'opposé des tortures morales qui hantent les Sons : il sait où sont le bien et le mal, notions qui ne se présentent pas à lui sous forme d'un questionnement. Pour chaque situation, il a une leçon de morale toute prête à être servie. (Il s'agit là bien entendu d'une mise en scène de la mission de service public qui prend sa source dans le courant antifédéraliste américain)[2].

L'Officer Hale représente un premier échelon dans l'appareil public. Il est le *cop*[3]. Sa musculature est gonflée et son cou, épais. Son regard au ras du sol indique que sa compréhension des choses ne dépasse jamais le premier degré. Clay le décrit en ces termes : « Un fonctionnaire à moitié crétin avec un complexe de Wyatt-Earp[4] » (S1E5). Wyatt-Earp est une légende du Far West, le bon shérif qui défendait la loi et l'ordre quoiqu'il en coûte et dont les westerns ont cent fois ressassé la vie exemplaire.

1. « Un type bien ».
2. On lira utilement à ce sujet *Fédéralisme et antifédéralisme*, de François Vergniolle de Chantal, Paris, PUF, « Que sais-je ? », 2005.
3. « Le flic ».
4. « A half-brain clerk with a Wyatt-Earp complex. »

Wyatt-Earp est le saint patron de tous les *good guys*. Cette expression, « Wyatt-Earp complex », est tout à fait originale : une trouvaille des scénaristes. Elle désigne l'envie d'agir pour le bien comme une manie, un travers psychique.

Hale déteste les Sons. Il est le double inversé de Jax : ils ont le même âge et, la ville étant très petite, on devine qu'ils ont dû aller à l'école ensemble. Hale a un seul objectif : débarrasser Charming de la présence des Sons. C'est son combat personnel, le sens de sa vie. Il ne doute jamais de sa mission : il est le bon, ce sont les méchants. Son univers mental est limpide. Son visage exprime la certitude butée. Il est pétri de grandeur morale. Lorsque ses actions, au fur et à mesure de la saison 1, provoquent des conséquences qu'il n'avait pas prévues, son univers commence à se décomposer.

L'Agent Stahl représente un deuxième échelon dans l'appareil de l'État. Agent fédéral, cette femme représente un ennemi redoutable pour les Sons. Elle est douée d'une intelligence diabolique, et les Sons vont devoir déjouer ses ruses et ses manipulations. C'est face à elle que Jax révèle également son intelligence : parmi ses brutes de compagnons, il est celui qui est capable de feindre et de calculer ses coups longtemps à l'avance. Par cet avantage, le téléspectateur comprend qu'il est appelé à régner un jour sur le clan des Sons.

Stahl est donc un agent redoutable dissimulé sous les traits d'une femme absolument dépourvue de sentiments comme de tout scrupule. Elle n'a de relation affective avec personne – un détour du scénario nous apprend néanmoins qu'elle est homosexuelle – et met la puissance de l'État au service de ses appétits personnels de puissance, lesquels ne connaissent pas de limite. Stahl est un animal à sang froid – *le plus froid des monstres froids* dont parle Nietzsche. Le regard obstinément fixe, elle fait penser au mythe très américain de la créature extraterrestre déguisée de chair pour habiter parmi les hommes.

On comprend que Stahl a décidé de s'en prendre aux Sons car elle voit en eux une bande de ploucs du désert dont elle viendra facilement à bout et qui lui vaudra de l'avancement. Mise en échec par les Sons, sa carrière est sur un fil et les enjeux deviennent alors très personnels. La fin justifie les moyens. Les Sons doivent faire face à une puissance malveillante et rusée, qui ne recule devant aucun mensonge, aucun chantage : elle incarne la raison d'État.

En se mettant au service de l'État, Stahl a passé un pacte avec le Diable. Certes, le pouvoir dont elle dispose est immense, mais elle ne le contrôle pas. Elle n'est, au fond, que le valet et le jouet de l'État. À la fin de la saison 1, au milieu de l'exécution de ses plans, Stahl est brutalement rappelée par ses supérieurs. Alors qu'elle allait sans doute gagner et pulvériser les Sons, elle doit tout abandonner. *On* a fait ses cartons dans son bureau. L'enquête et tous ses résultats sont laissés sans suite. Stahl repart aussi brusquement qu'elle est arrivée, laissant derrière elle un amas de cadavres et la petite ville bouleversée. On lit au fond de son regard désorienté que le Diable est venu la chercher.

Avant qu'elle ne reparte, Clay trouve l'occasion de lui dire sa vérité en face. Il se rend en plein jour dans les bureaux de la police dans la simple intention de lui parler. Il n'a rien à y gagner : son acte est désintéressé. « Ça te pourrit la vie, pas vrai, de nous voir moi et mes potes vivre peinards ? Tu ne supportes pas l'idée qu'on jouisse de la même liberté que toi. Tu n'es qu'un porc fasciste[1] » (S1E13). Que des individus souhaitent se structurer en État, grand bien leur fasse, mais pourquoi ne peuvent-ils tolérer que d'autres s'excluent de leur organisation ? Que

1. « It kills you, doesn't it, to see me and my guys living good lives ? You hate the fact that we get the same freedom as you do. You're a fascist pig. »

leur importe un ramassis de *rednecks* croupissant dans le désert et qui ont décidé de faire sécession ? Quel besoin éprouvent-ils de les intégrer de force à la société ? C'est pourtant ce qui se passe, comme si l'État ne pouvait supporter qu'on existe en dehors de lui, que l'on choisisse une voie autre, personnelle. L'État n'a de cesse de soumettre, d'incorporer. « Tu me rends si fière d'être une citoyenne américaine ![1] » (S1E13), réplique Stahl à Clay. Des mots ironiques, cinglants, par lesquels Stahl veut représenter à Clay l'idée de la nation, du peuple américain, et qu'il mesure sa petitesse en comparaison.

La flèche manque la cible. L'idée sonne creux. Clay a exprimé une idée bien plus évidente : pourquoi ne pouvez-vous laisser les gens en paix ? C'est la leçon de la série, la signification que donnent à voir tous ces personnages repoussoirs : l'État est par nature coercitif. L'État démocratique et garant des libertés, même cet État-là est profondément, structurellement, fasciste et coercitif. Comme nous touchons là le fond de la doctrine anarchiste, il vaut la peine de s'y attarder un peu.

1. « You make me so proud to be an American! »

9

DU CARACTÈRE COERCITIF DE L'ÉTAT

Ce que revendiquent les Sons, c'est la liberté de choix. Une phrase revient très souvent dans la bouche de Clay : « Personne ne dit aux Sons ce qu'ils doivent faire ou pas[1]. » Il la sert indifféremment aux voyous et aux agents de l'État – à tous ceux qui prétendent lui imposer quelque chose.

Lorsque deux individus passent contrat, les parties sont consentantes. Je ne peux forcer quelqu'un à passer avec moi un contrat dont il n'a pas envie. C'est ce qui se passe pour les Sons : ils n'ont pas envie de souscrire au pacte social, ils ne souhaitent pas passer contrat avec l'État. Ils ne désirent pas jouir de la sécurité et des autres avantages que procure la puissance publique, en échange d'une soumission à ses lois. Ils préfèrent vivre libres et

1. « Nobody tells the Sons what they can or can't do. »

en supporter les conséquences. Il n'en va pas de même pour l'État, qui ne souhaite pas que nous refusions ce pacte. Ce pacte n'est pas une option. Les fonctionnaires ne viennent pas nous trouver avec cette proposition : « Voici la liste d'avantages que nous procurons. En échange, nous exigeons ceci. Acceptez-vous ce contrat ? Vous êtes libres de l'accepter ou de vous débrouiller seuls. » Non. Le contrat social est tacite. Il est cette entité mythologique imaginée par les philosophes des Lumières, qui considèrent que nous y avons tous déjà souscrit. En d'autres termes, l'État nous force à accepter son contrat.

L'État entend représenter le bien commun. Pourtant, en nous forçant à accepter son contrat, il franchit un pas. Proposer une idée du bien commun est une chose, vouloir l'imposer en est une autre. Si le bien commun est réellement notre bien à tous, que ne s'impose-t-il de lui-même ? Il n'est pas besoin de l'État, et nous le choisirons spontanément. Mais les êtres humains sont faibles et incapables de se gouverner par la raison, répondent les philosophes. *On les forcera d'être libres*[1], conclut Rousseau. Il faut appliquer le bien commun envers et contre les volontés individuelles.

1. Rousseau, *Du contrat social*, chapitre VII.

Qu'a-t-on perdu par ce saut ? La liberté de choisir sa vie. L'État nous contraint à l'association, que celle-ci nous plaise ou non. Il argumente que cette organisation est la meilleure pour nous, qu'elle nous est même indispensable ; mais cela, il ne nous est pas possible de le vérifier. Nous devons le prendre pour argent comptant. Nos choix ne peuvent intervenir qu'à l'intérieur de cette organisation, dans le cadre qu'elle a fixé pour nous. Nous avons le droit d'aller voter, mais pas celui du choix radical de ce que nous sommes ou voulons être (ici, des anarchistes décidés à faire sécession).

David Friedman, économiste anarcho-capitaliste de l'école de Chicago (et fils de Milton), résume cette liberté de choix dont nous sommes privés comme suit. L'homme est un consommateur.

(Il nous faut avertir le lecteur français : il s'agit d'un concept économique, non d'une injure. J'ai consommé, par exemple, de bon matin, un très beau poème. Tout à l'heure, je m'en vais consommer la conversation d'un ami, excellent philosophe. Sans doute, je lui apporterai quelques réponses, qu'il consommera à son tour. En tant que consommateur, l'homme forme ce que les économistes appellent des paniers de biens. Je ne consomme pas uniquement, je l'avoue, des poèmes, mais aussi, par exemple, un lit pour dormir. Poèmes et lit forment un panier de biens. Mon panier de biens comprend tous les biens que je consomme. Il peut être établi mensuellement, ce qui facilite l'analyse économique, puisqu'il se trouve que je suis salarié et qu'ainsi rentrées d'argent et consommation peuvent être appréciées dans une vue synoptique.)

Me voici donc, consommateur, avec mon panier de biens. Je suis obligé de le former de manière limitée, de choisir certains biens et de renoncer à d'autres, dans la mesure où mes ressources sont – à l'heure où j'écris – elles aussi limitées. Maintenant, comment puis-je me défendre si l'État vient me retirer mon poème pour me donner un lit plus moelleux, parce qu'il aurait inscrit l'entité « lit moelleux » au nombre des droits inaliénables du citoyen ? Comment puis-je me défendre si l'État vient me retirer mon lit en vertu de ma contribution au Poème public, dont je n'ai que faire ? Nous tâchons de rendre sensible à l'esprit du lecteur le fait que l'État forme les paniers de biens à la place de ses citoyens. À l'extrême bout de cette logique, se trouve ceci : l'homme travaille tandis que l'État forme à sa place l'intégralité des paniers de biens – l'homme n'est plus un consommateur.

Aussi étrange que cela puisse paraître, les Sons se battent pour rester des consommateurs. Ils aiment les Harleys et la vie sauvage, les vestes en cuir et l'excitation que procure le danger – leur panier de biens, ce qu'ils appellent « living good lives ». Le dialogue entre Clay et Stahl fait apparaître que celle-ci n'a aucune raison valable de s'ingérer dans les affaires des Sons. L'analyse économique de David Friedman démontre ce paradoxe, que l'État démocratique est donc coercitif.

Robert Nozick, philosophe anarchiste de l'université de Harvard, relate ainsi cette liberté de choix dont nous sommes privés. L'État fait valoir que nous avons besoin de lui pour nous protéger du chaos. (La première objection qui vient à l'esprit quand on entend cet argument est celle qui a été énoncée plus haut, à savoir que nous ne voyons pas que le chaos soit une mauvaise chose, dans la mesure où nous ne l'avons jamais expérimenté. Mais passons. Mettons qu'il soit effectivement nécessaire que nous soyons protégés du chaos.) L'État est alors une espèce d'agence de protection : il nous pourvoit la sécurité. Nozick examine quelle serait la différence entre l'État et une agence de protection privée. Une agence de protection privée proposerait la même chose, à savoir la sécurité. La différence serait qu'à côté de l'agence de protection privée, il y aurait d'autres agences de protection privées et que celles-ci seraient en concurrence. Les agences proposeraient sans doute différents niveaux de sécurité, différentes formules, à choisir en échange de différents services, à chacun selon ses moyens, selon ses besoins. Différentes agences coexisteraient et l'individu pourrait choisir celle qui lui convient, voire n'en choisir aucune. Voilà précisément ce qui n'est pas possible avec l'État.

Les Sons sont comme une agence de protection privée qui revendique son droit à s'occuper d'elle-même, à assurer elle-même ses affaires, et éventuellement à recruter des clients (voir l'affaire du notable, au chapitre 7). Ou plus simplement comme une association d'individus qui refusent le service de protection de l'État et demandent à en être affranchis. Mais l'État revendique le monopole de la violence. Il est cette agence de protection qui règne au détriment des autres et s'impose aux individus par la contrainte et par la force. L'analyse de Nozick démontre à son tour le caractère coercitif de l'État démocratique.

Il est plaisant de relever que cette philosophie tendant à l'anarchie dans sa version libérale-libertaire, voit le jour dans les universités les plus respectables des États-Unis. Nozick décrivait d'ailleurs le Center for Advanced Study in the Behavioral Sciences de Palo Alto, où il a rédigé les premiers chapitres de son œuvre maîtresse *Anarchy, State, and Utopia*, comme une institution « proche de l'anarchie individualiste ». Ces simulations intellectuelles passionnantes peuvent devenir là-bas une réalité, tant il est vrai que l'immensité et la diversité américaines permettent à des expériences de vie extrêmes de voir le jour. Ainsi les clubs de motards hors-la-loi existent-ils, la série *Sons of Anarchy* s'en inspire. Son créateur Kurt Sutter a au reste déclaré que l'une des choses dont il se félicitait, c'était d'avoir popularisé cette réalité en vérité très surprenante.

Par leur attitude, les Sons forcent l'État à sortir de ses gonds et manifester sa vraie nature. C'est pourquoi la série peut constituer une véritable révélation pour le téléspectateur, et l'occasion d'une prise de conscience. À voir comment vivent les Sons, on peut se réjouir de profiter de la protection de l'État ; néanmoins, on a maintenant conscience de tout ce que signifie cette protection. Un pan d'hypocrisie s'est pourtant déchiré : non, l'État ne représente pas la seule manière possible de vivre. Non, il n'est pas le lieu de la « liberté », ou alors d'une liberté relative. Non, il n'est pas évident que nous l'ayons choisi librement. Non, obéir à ses injonctions n'est pas un devoir moral, c'est une contrainte physique et sociale.

Sur le toit du garage, la nuit, une cigarette au bout des doigts, Jax médite, le manuscrit de son père John Teller ouvert sur les genoux :

> Nous ne sommes pas violents pas nature. Nous ne sommes pas des sociopathes. Mais nous en sommes venus à prendre conscience que lorsque vous vivez hors du carcan de la société, vous vivez hors de la sécurité qu'elle procure. Et les armes et les balles deviennent la loi.[1] (S1E13)

John déclare n'être pas un « sociopathe », c'est-à-dire quelqu'un qui ne serait pas apte à vivre en société, qui se serait retrouvé dans ce club en raison d'un handicap ou d'une fatalité. Il pèse gravement les raisons et les conséquences de son engagement. À son tour, Jax réaffirme, tout au long de la série, le choix qu'il fait de sa propre vie. Ce sont ces moments de réflexion qui fondent sa vie en anarchie.

1. « We are not violent by nature. We are not sociopaths. But we came to realize that when you live off of society's grid, you live off the security it provides. And guns and bullets are the law. »

10
LA FEMME À LA CICATRICE

De Gemma, il faut dire qu'elle est la véritable héroïne de cette histoire. Bien qu'au second plan, c'est elle qui tire les ficelles, le plus souvent. Cela n'a pas échappé aux professionnels de l'industrie et c'est l'actrice Katey Sagal (épouse du créateur de la série Kurt Sutter) qui a remporté le Golden Globe en 2011.

Gemma est séduisante quoique grand-mère (la série commence lorsque son fils Jax a lui-même un fils, Abel). Pour ce personnage, la séduction est une raison d'être. Le jour où elle cessera d'être séduisante sera le jour de son trépas. Son style est presque satanique : grande et maigre, profil d'aigle, cheveux noirs, regard noir. Une cicatrice lui coule entre les seins. Lorsqu'elle se promène dans les couloirs de l'hôpital, les bras croisés sur la poitrine, on dirait la Mort en personne venue faire sa moisson. Gemma ne sourit presque jamais. Dans la première saison surtout, et jusqu'à ce qu'on se soit habitué à son personnage, elle fait peur. Au téléspectateur, mais aussi aux autres femmes de la série : la petite brunette amoureuse du stagiaire la craint comme la peste. Les petites amies de Jax également. Sur les hommes, elle exerce une attraction fatale. Tig éprouve pour elle quelque chose comme de l'adoration. Elle et son fils Jax, qu'elle embrasse affectueusement sur la bouche, sont très proches.

Gemma donne la mort sans hésiter. On l'a dit, la première petite amie de Jax est une junkie. La série s'ouvre sur un événement atroce : enceinte de son fils et presque à terme, elle fait une overdose. On est obligé de libérer l'enfant prématurément et de le mettre en couveuse. L'enfant s'en sortira. La mère aussi. Toutefois, cette attitude de mère irresponsable n'est pas du goût de Gemma. « Tu as perdu tes droits de mère en mettant en danger la vie de cet enfant », dit-elle à la fille ; « tu n'es plus sa mère ». Elle apporte au chevet de la junkie, qui se remet tout juste de son overdose, une seringue. « Je suis sûre que tu sauras faire le bon choix », lui dit-elle, et : « Tu devrais te tourner vers la religion ». La seringue est glissée au milieu d'un gros volume de la Bible. Cette manière de donner la mort en conscience, sans violence directe, fait froid dans le dos. En comparaison, la violence des

Sons n'impressionne pas : il n'y entre pas la même cruauté ni la même froideur. Gemma terrasse son ennemi psychologiquement. Elle persuade la fille de se donner la mort par l'ascendant qu'elle exerce sur elle, comme le serpent qui fascine.

Gemma peut aussi être d'un tempérament sanguin. Elle n'hésite pas à frapper. On se rappelle cette scène comique où Gemma doit essuyer une vexation dans le supermarché (elle doit s'acheter des produits pour la ménopause et un vendeur se permet de lui donner des conseils). Elle retrouve la rue d'une humeur massacrante. Cherchant sur quoi passer ses nerfs, elle avise simultanément : cette fille qu'elle n'aime pas – la petite brunette amoureuse du stagiaire –, venant dans sa direction sans l'avoir remarquée ; et ce petit garçon tombé de sa planche de skateboard. Avec un sens de l'à-propos certain, Gemma imagine de se saisir de la planche de skateboard et d'en frapper la fille qui arrive sur elle. Elle lui brise le nez. Une autre scène du même acabit est celle où Gemma, guettant un ennemi, est plus que nerveuse. Survient Tara, la petite amie de Jax. Tara pose amicalement la main sur l'épaule de Gemma qui sursaute, lui envoie son coude dans la figure et lui brise également le nez. « Maman, qu'est-ce que tu as encore fait ? », demandera Jax.

Le personnage de Gemma fait tout l'intérêt de la deuxième saison. De celle-ci, il faut dire qu'elle peut être décevante : elle ne baisse pas en qualité mais ne renouvelle pas vraiment la série. Il y a, bien sûr, de nouveaux méchants, encore plus méchants. Les affaires de cœur de Jax évoluent, ainsi que les affaires du club. Clay est un peu plus vieux, Tig un peu plus taré et Jax un peu plus costaud (une expression est souvent employée en début de saison, *to beef up*[1], dont le lecteur appréciera le caractère imagé). L'événement le plus intéressant, et de loin, est néanmoins le viol de Gemma (fin du premier épisode). La saison tout entière raconte comment cette femme peut reprendre le dessus, vaincre son traumatisme, et redevenir une femme forte et vindicative. Ce processus prend du temps mais, à la fin de la saison, Gemma se retrouve plus forte qu'elle n'a jamais été. Ce qui aurait détruit une autre femme l'a rendue plus avisée, plus prudente, plus déterminée. Gemma sort grandie de l'épreuve. On peut y voir une démonstration de la maxime nietzschéenne : « Appris à l'école de guerre de la vie : ce qui ne nous tue pas nous rend plus fort ». Saluons au passage la performance de l'actrice, qui fait évoluer son jeu de manière à ce que

1. Littéralement, « faire du bœuf » : se muscler.

le téléspectateur suive les étapes du traumatisme, le choc, la honte, le désespoir, le mutisme, la colère, la rage impuissante, la réflexion, et la vengeance – qui est, on le sait, un plat qui se mange froid.

Dans cette même deuxième saison, le vieil Unser nous apprend un fait important : c'est Gemma qui est à l'origine de la présence des Sons à Charming. Gemma était une adolescente rebelle et extrêmement turbulente ; à seize ans, elle en a eu assez et a quitté la ville, pour y revenir quelques années plus tard « avec un bébé et un gang de motards[1] » (S3E1). Comme Jax et Hale, on devine qu'Unser et Gemma ont grandi dans la même petite bourgade paumée dans des dispositions d'esprit très différentes. Le destin, exacerbant les choix individuels, les fait se retrouver dans des situations antagonistes. La divergence est devenue compétition.

Ce fait, ainsi que de nombreux autres, portent le téléspectateur à penser que c'est Gemma qui est le commencement et l'aboutissement de cette histoire de motards. C'est elle qui est allée chercher le club et l'a amené à Charming. Elle était la femme du premier patriarche, dont elle a obtenu un fils. Puis elle est passée dans les bras du deuxième patriarche, lequel a renversé le premier, et qu'elle assure être

1. « With a baby and a motorcycle club. »

le père de son enfant. Depuis son coin d'ombre et sans prendre part aux tours de table, elle oriente toutes les décisions du club par son pouvoir de femme. Elle représente l'opposé de l'Agent Stahl, cette femme devenue un homme dans un monde d'hommes. « Tu sais, c'est plutôt sympa, d'être une fille. Tu devrais essayer, un de ces quatre[1] » (S1E12), lui glisse-t-elle à l'oreille avec malice. Ce qui ne l'empêche pas de donner à la petite amie du stagiaire ces instructions : « Tu ouvres les bières et tu suces les bites[2] » (S1E7).

Gemma joue sur tous les tableaux. À la voir câliner son fils Jax, on se demande si son machiavélisme ne l'aurait pas portée à concevoir un enfant dans le seul but de détrôner un jour son mari et de s'assurer une vie auprès de son fils.

1. « It's fun being a girl. You should try sometimes. »
2. « You open beers and suck cocks. »

11

UN RAMASSIS DE BONS À RIEN ET DE DÉSHÉRITÉS

Des Sons, on sait qu'ils sont un ramassis de bons à rien. Tous n'ont pas le charisme de Jax ou la détermination de Clay. Beaucoup semblent être là par la force des choses plutôt qu'en vertu d'un choix personnel. Tous ne sont pas philosophes, c'est le moins qu'on puisse dire. Ce n'est pas là une critique adressée aux personnages mais un aspect de la série qui a une signification précise. Piney, père de Opie, est un vieillard alcoolique et sale. Il se promène en permanence avec un appareil respiratoire et des tuyaux dans le nez. Sa femme l'a rejeté. Il a une tendance très prononcée au suicide. Ce qui en fait, d'ailleurs, un allié redoutable pour les Sons : il est cette ruine qui n'a pas peur de mourir. Bobby, le comptable, est un vieux baba cool bedonnant. Les verres violets de ses petites lunettes dissimulent mal un regard fatigué. Son addiction au sexe lui fait parfois oublier ses devoirs. Tig, le lieutenant de Clay, est un psychopathe notoire. Cette galerie peu reluisante est là pour nous rappeler un trait fondamental de l'anarchie : l'esprit de tolérance. Les anarchistes sont en effet les champions de la tolérance : pour eux, rien ne mérite d'être interdit ou de faire l'objet d'une loi. Si les anarchistes étaient au pouvoir, tous les comportements considérés comme « déviants » seraient tolérés. Il n'y aurait pas de prisons. En gros, vous seriez libre de faire ce que bon vous semble. Vous ne seriez limité que par vos propres capacités.

Les Sons ne regardent pas les aptitudes physiques ou intellectuelles des membres qu'ils recrutent. Ils n'exigent pas qu'ils leur soient recommandés. Tout le monde peut rejoindre le club. Il ne s'agit que de tenir le coup. Très vraisemblablement, les déshérités qui trouvent une rédemption dans ce club se trouveraient extrêmement marginalisés dans la vie normale. Sans talent particulier, sans relations, ils peineraient à trouver du travail. D'où le lien très fort qui les unit : malgré leur philosophie individualiste, les Sons s'aiment comme une famille. Ils s'apprécient pour s'être acceptés mutuellement.

À ce titre, le personnage de Tig est exemplaire. Il est ce qu'il est convenu d'appeler un taré, au sens littéral qu'il cumule les tares, réunissant toutes les déviances sexuelles. Dans le premier épisode de la saison 1, les Sons ont un problème sur les bras : la police a retrouvé les cadavres d'immigrés clandestins qui travaillaient pour eux et qui ont brûlé dans un incendie, enfermés dans une cave. Aucune preuve ne devrait permettre à la police de remonter jusqu'aux Sons excepté celle-ci : Tig a laissé sa semence dans l'appendice buccal des deux victimes, la mère et la fille. Le personnage est campé. « Qu'est-ce que ta mère a bien pu te faire quand t'étais gamin ?[1] », demande Clay, consterné. « Qu'est-ce que tu veux dire par là ?[2] » (S1E1), répond Tig. Dans un autre épisode où ils doivent récupérer des cadavres, Tig reconnaît que leur froideur, leur immobilité, éveillent le désir en lui. Pour ne pas mélanger les plaisirs et le travail, il s'abstiendra. Dans un épisode de la saison 2, on apprend qu'il est recherché dans d'autres États pour exhibitionnisme. Il est constitutif de la personnalité de Tig qu'il réserve au téléspectateur, à chaque épisode ou presque, une surprise de ce genre.

Très intéressante est l'attitude des Sons à l'égard de ces vices. Ils ne les cautionnent pas, puisqu'ils

1. « What did your mother do to you when you were a kid ? »

2. « What do you mean ? »

s'en montrent toujours choqués, considérant Tig comme un taré et ne se privant pas de lui dire. Mais ils ne le rejettent pas pour autant. Ils ne le jugent pas. Tig les dégoûte, les stupéfie ; mais il est comme il est, c'est sa nature, sa complexion propre. Le rejet qu'éprouvent les Sons est *physique* et non *moral.* Nous tenons là une assez bonne définition de la *tolérance.* La tolérance n'implique pas de tout aimer et n'avoir pas de goûts ni de sentiments, seulement de ne pas juger et ne pas condamner. Je peux éprouver une répugnance physique à l'égard de telle ou telle déviance ; tant que cette réaction physique n'est pas suivie d'un jugement moral, je ne fais preuve d'aucune intolérance. Je ne fais qu'exprimer un goût : les penchants de cet individu ne me correspondent pas, je ne les partage pas. Dire de l'un de nous qu'il est « bon », de tel autre qu'il est « mauvais », en revanche, exprime un jugement moral. Si la nécrophilie me dégoûte, c'est là une réaction physique ; mais si je déclare la nécrophilie « mauvaise » et si j'estime qu'il faille ériger des lois et des systèmes pour la proscrire, la soigner ou l'éradiquer, c'est là l'expression d'un jugement moral.

En morale, les anarchistes sont des sceptiques : ils suspendent leur jugement. L'esprit de tolérance réside précisément dans cette suspension du jugement. Un anarchiste ne légifère pas ni ne prétend établir ce qui, d'un point de vue général, peut être bon ou mauvais. Pas davantage n'éprouve-t-il de difficulté à vivre à côté de penchants qui ne lui correspondent pas.

Des Sons, il faut dire également que ce sont des déshérités, des individus auxquels ni la nature, ni la société n'ont laissé de bonnes chances. Non seulement sont-ils nés en bas de l'échelle sociale, mais encore avec des dispositions malheureuses. Chez les Teller – famille de Jax et de Gemma –, on partage une maladie génétique – une malformation du cœur. Nous l'apprenons dès le premier épisode de la saison 1, lorsque Jax devient père puisque son fils Abel est atteint du même mal, sans compter qu'il est prématuré et fils d'une mère junkie qui ne pourra s'occuper de lui. Le nourrisson Abel est emblématique de la condition des Sons : à sa naissance, on ne donne pas cher de sa vie. Que faire ? Se demande-t-on autour de lui. On hésite pour savoir s'il ne vaut pas mieux supprimer une créature si faible et démunie. Quel avenir peut bien l'attendre ? C'est Jax qui tranche : « On le laisse dans le grille-pain [la couveuse] jusqu'à ce qu'il soit capable de balancer une droite[1] ».

1. « He stays into the toaster until he can throw a punch. »

Gemma rassure Jax : « Quand tu es né avec ton cœur défectueux, les médecins n'auraient pas parié sur toi. Aujourd'hui, tu m'as l'air plutôt en forme ». Et de fait Jax est un roc. Non pas l'un de ces jeunes Américains joufflus capitaines de leur équipe de foot, garçon « populaire » né de parents riches et à la santé resplendissante, mais un roc qui s'est édifié de lui-même. Sa démarche, son visage retiennent quelque chose de sa fragilité originelle. Il n'a pas l'air précisément mal portant – peut-être mélancolique. La force des Teller n'est pas une force physique mais une force de caractère, sorte de puissance surnaturelle capable de terrasser toute force physique.

N'est pas anodin non plus le fait que Jax ait prénommé son fils Abel. Dans la Bible, Abel est le favori de Dieu. Étrange : le moins que l'on puisse dire des Sons est qu'ils ne sont pas les favoris de Dieu ! Prénommer son fils Abel participe précisément de cette volonté de renverser le sort : Jax a décidé qu'Abel sera Abel. Il veut que son fils hérite de la bonne part de la vie. Dans le scénario, il en ira autrement. C'est le rôle de Caïn qui est dévolu aux Sons. Comme dans la Bible, Dieu n'agrée pas l'offrande des Sons. Il en préfère d'autres, qui mènent une bonne vie. Caïn se révolte et tue son frère Abel. Alors, Dieu le marque au front d'un signe fatal qui lui vaudra malédiction partout où il ira.

Comme s'ils étaient marqués de ce signe, les Sons évoluent dans un univers, le leur, qui ne tourne pas rond. Les événements prennent toujours mauvaise tournure. Il est frappant de constater comment, tout au long de la série, les choses vont de mal en pis, avec une constance presque jamais démentie. Dans la saison 1, naissent des querelles intestines si graves qu'elles ne laissent aucun espoir de réconciliation ; dans la saison 2, les Sons sont jetés en prison ; dans la saison 3, recherchés par toutes les polices, ils doivent faire plus grave encore : se séparer de Gemma ; et ainsi de suite. Rien ne vient d'ailleurs tempérer ce tableau.

Cette façon dont va le monde évoque la thèse des Caïnites, secte très ancienne, contemporaine de la chrétienne, des adorateurs de Caïn. Du monde, les Caïnites soutiennent qu'il n'est pas l'œuvre bonne d'un Dieu bon, mais l'œuvre mauvaise d'un Dieu mauvais, ayant appelé des créatures à l'existence pour se repaître de leurs tourments. La seule position défendable est la révolte. La plupart des humains ne choisissent pas la révolte, mais plutôt l'adoration servile du Dieu mauvais auteur de leurs tourments et la soumission à ses lois morales, qui n'ont d'autre but que de maintenir son empire.

À rebours, les Caïnites sont des adorateurs de tout ce qui, dans la Bible, représente le mal : Caïn, bien sûr, mais aussi le Serpent fuyard, Juda, etc. Ils proposent une lecture de la Bible à l'envers.

On peut dire des Caïnites qu'ils sont en quelque sorte les ancêtres des anarchistes. Les Sons incarnent à leur tour cette même révolte et cette vision du monde. Face à un avenir toujours sombre, sans foi et sans vergogne, ils chevauchent leurs Harley comme des destriers de l'Enfer. On se souvient que sur leurs blousons de cuir, est cousu cet avertissement : « Ceux du Chaos »[1].

1. « Men of Mayhem ».

TENTATIVE D'EXPLICATION DU SUCCÈS DES SÉRIES AMÉRICAINES PAR LA MAIN INVISIBLE

On parle d'explication de type « main invisible » lorsqu'un fait (économique, le plus souvent) dont on pourrait penser qu'il est le fruit d'une pensée consciente, le résultat d'un calcul élaboré par une intelligence prévoyante, est expliqué par une toute autre raison. En réalité, l'expression « main invisible » est assez malheureuse parce qu'on pourrait dire des choses qui ont d'abord existé à l'état d'intention avant de devenir effectives, qu'elles ont été guidées par cette « main invisible » qu'est l'intention. Mais l'explication par la main invisible écarte tout notion d'intention : Adam Smith conçoit ainsi la réalisation du bien général par l'agrégation heureuse des comportements individuels, et non par l'intention préméditée d'un bien général.

On pourrait parler d'une « main invisible » pour tenter d'expliquer le succès des séries américaines dans la mesure où le produit final n'est pas le fruit d'un plan général décidé à l'avance, mais plutôt le résultat de la créativité et du talent individuels, qui s'agrègent sans que personne, même le producteur, ait pu en prévoir le résultat. L'idée complexe d'anarchie qui prend forme et donne sa profondeur à la série des *Sons* est le fait de multiples facteurs provenant de l'initiative individuelle des acteurs, des scénaristes, producteurs, etc., en bref, de tous les professionnels concourant à la fabrication de ce qui est le produit d'une *industrie* culturelle. Il s'est trouvé que ce thème a inspiré toute l'équipe et que les idées individuelles, les éléments apportés par chacun, se fondent harmonieusement ou se répondent dans une altérité dynamique.

Mais il s'agit en réalité – et c'est le secret de cette alchimie – du résultat d'*une certaine manière* de travailler en équipe. L'esprit américain est celui de la lutte, de la compétition. Dans une entreprise éphémère comme la production d'une série, les artistes sont impitoyablement placés en compétition. Pour décrocher le job, tout d'abord ; et aussi dans la participation artistique de chacun, qui est elle aussi conçue comme une lutte et une compétition. L'artiste doit imposer sa manière d'interpréter le rôle, ou de concevoir l'univers de la série, ou encore de sentir le déroulé de l'intrigue. En compétition avec celles des autres artistes, ses manières propres orientent la réalisation. Ainsi, dans un film de super-héros, il n'est pas donné à l'avance de place prépondérante à tel ou tel personnage. C'est le talent de l'acteur, son énergie personnelle, qui transcendent le personnage et le placent au premier plan ou au second.

L'acteur américain conçoit sa performance comme une compétition. C'est ce que disait le comédien Christian Bale sur son rôle de Batman dans *The Dark Knight*. Ce film de super-héros présente au moins trois personnages principaux, Batman, Double-Face et le Joker, d'une importance à peu près égale. Dans la réalisation du film, les acteurs entrent en compétition pour produire le *meilleur* personnage, celui qui va se graver définitivement dans les mémoires. Il semblerait que ce soit l'acteur Heath Ledger, le Joker, qui ait remporté la palme. Interrogé sur ce résultat par un journaliste, Christian Bale – dont la performance est, au demeurant, excellente – a laconiquement répondu : « I don't have a problem competing with anyone[1]. »

1. « Je n'ai aucun problème à être en compétition avec qui que ce soit. »

Une remarque d'importance sur ces produits industriels que sont les séries télé est donc qu'elles n'appartiennent véritablement à personne. Il y a, bien sûr, un *showrunner*, ce producteur-scénariste qui conçoit avec d'autres l'univers général de la série (sa bible), qui coécrit le plus souvent les premier et dernier épisodes de la saison – formant ainsi l'arc narratif principal –, trouve des financements – le véritable art, vous dirait tout artiste américain – et s'occupe d'une partie de la production exécutive – dépenser au mieux le budget. À l'intérieur de ce cadre fragile, se pressent les talents. Il est par exemple notable que, dans une série américaine, ce ne sont jamais le même réalisateur ni les mêmes scénaristes qui réalisent ou écrivent deux épisodes d'affilée. Les noms changent constamment. On a même vu des séries – ainsi *Miami Vice* – où les acteurs changent sans que l'esprit de la série s'en trouve lui-même affecté ni que l'audience décline. Le succès et la réussite résident dans cette alchimie, cette *main invisible*, qui fait qu'une série est une bonne série. Il n'y a pas de recette à cela.

De tout ceci, il ressort qu'une série télé est un coup de poker. On mise un peu d'agent, on tourne un pilote pour convaincre une chaîne, on engage davantage d'argent, on tourne quelques épisodes pour commencer la diffusion. Alors, le couperet du public tombe immédiatement. Si l'audience n'est pas au rendez-vous, la série est abandonnée sans pitié. Si l'audience y est, on ne dispose que de quelques semaines pour achever tous les épisodes de la saison, écriture y compris. Un nombre incommensurable de séries demeurent ainsi à l'état de projets mort-nés. Les chaînes de télévision prennent donc soin de multiplier les projets pour ne garder que celui, ou les quelques, qui vivront. Il y aurait un ouvrage passionnant à écrire sur les séries ratées.

Pour ces raisons, les séries télé sont des œuvres d'une immense complexité. Ils s'y rencontrent tant d'éléments et de variables qu'on peine souvent pour identifier un peu précisément ce qui a plu et pourquoi. Elles s'offrent à l'expérience comme un objet unique alors que ce sont des réalisations d'une envergure considérable, un très grand nombre de professionnels apportant chacun leur pierre à l'édifice. C'est en ce sens précis que les séries pourraient bien figurer parmi les objets artistiques de grande ampleur les plus caractéristiques de notre époque, voire de notre siècle.

Qu'est-ce que la compétition, sinon la lutte, un combat réglé ? La lutte est la meilleure façon d'entreprendre en commun un projet. Il semble bien que les civilisations artistiquement les plus prolifiques ont été celles qui savaient cultiver cet art antique de la lutte. C'est ainsi que l'on a vu des fleuves superbes sourdre mystérieusement des profondeurs de l'énergie personnelle.

BIBLIOGRAPHIE

Les Cyniques grecs, Paris, Le Livre de Poche, « Essais », 1992.

EPICTÈTE, *Entretiens*, Paris, Gallimard, « Tel », 1993.

FRIEDMAN David, *Vers une société sans État*, Paris, Les Belles Lettres, « Laissez-faire », 1991.

HÉRACLITE, *Fragments*, Paris, PUF, « Épiméthée », 5e éd. 2011.

KANT Emmanuel, *Le Projet de paix perpétuelle*, Paris, Flammarion, 2006.

NIETZSCHE Friedrich, *Ainsi parlait Zarathoustra*, Paris, Gallimard, « Folio Essais », 1985.

NOZICK Robert, *Anarchie, État et Utopie*, Paris, PUF, « Quadrige », 2e éd. 2008.

PLATON, *La République*, Paris, Gallimard, « Folio Essais », 1993.

PROUDHON Pierre-Joseph, *Qu'est-ce que la propriété ?*, Paris, Le Livre de Poche « Essai », 2009.

ROUSSEAU Jean-Jacques, *Du contrat social*, Paris, Flammarion, 2001.

SCHOPENHAUER Arthur, *Essai sur le libre-arbitre*, Paris, Rivages Poche, 1992.

SMITH Adam, *La Richesse des nations*, Paris, PUF, « Pratiques théoriques », 1995.

VERGNIOLLE DE CHANTAL François, *Fédéralisme et antifédéralisme*, Paris, PUF, « Que sais-je ? », 2005.

TABLE

Dans la même collection

Virginie Marcucci, *Desperate Housewives, un plaisir coupable*, 2012.
Gérard Wajcman, *Les Experts, la police des morts*, 2012.
Nathalie Perreur, *The Practice, la justice à la barre*, 2012.
Jean-Baptiste Jeangène Vilmer, *24 heures chrono, le choix du mal*, 2012.
Tristan Garcia, *Six Feet Under, nos vies sans destin*, 2012.
Laurent Jullier et Barbara Laborde, *Grey's Anatomy, du cœur au* care, 2012.

Sarah Hatchuel, *Lost, fiction vitale*, 2013.
Jean-Yves Le Naour, *Plus belle la vie, la boîte à histoires*, 2013.

À paraître

Claire Sécail, *The Shield*, 2013.
Pierre Sérisier, *Le Prisonnier, Sommes-nous tous des numéros ?*, 2013.
Barbara Villez, *Law and Order*, 2013.
Daniel Weinstock, *Mad Men*, 2013.

Mis en pages et imprimé en France
par JOUVE
1, rue du Docteur Sauvé, 53100 Mayenne
mars 2013 - N° 2064300R

JOUVE est titulaire du label imprim'vert®